耳袋秘帖　南町奉行と大凶寺●目次

耳袋秘帖

南町奉行と大凶寺

序　章　怖い寺

「では、いちばん好きなのはテントウムシなのかな？」

南町奉行根岸肥前守鎮衛《ねぎしひぜんのかみやすもり》が訊いた。

わきで深川芸者の力丸《りきまる》が微笑んでいる。

町奉行の問いにしては、あまりに可愛らしい。

「そうですな。いちばんかと言われると難しいところですが、なにせ見た目が愛くるしいではありませんか。しかも、飛ぶときには、外側の硬い殻をパッと広げ、なかの薄い羽を羽ばたかせて飛ぶところが、なんともたまりません。カブトムシやコガネムシも同様ですが、あの小さなテントウムシがこうやって……」

と、手をぱたぱたさせたのは、室町《むろまち》の金物問屋〈住吉屋《すみよしや》〉の隠居である蝶右衛門《ちょうえもん》である。

住吉屋は、とくに銅鍋の卸で江戸有数の取引高を誇る大手だが、あるじの蝶右衛門は五十の歳になったのが区切りだと、早々と隠居の身分になった。昨年からは、深川の富久町《とみひさちょう》に隠居家を建て、子どものころから好きだった虫の研究に余念がない。

根岸は力丸からしばしば、

「虫の話がものすごく面白いから、ひいさま、ぜひ、お会いになれば」

と、勧められていて、今日、ようやくその機会を得たのだった。

根岸は、面白い人物、変わった人物というのが、昔から大好きである。そうした人物の話を耳にすると、ぜひ直接会って話を聞きたいと思ってきた。

しかも、根岸自身が虫には深甚なる興味がある。巷の珍談奇談を書き綴ってきた『耳袋《みみぶくろ》』にも、怪虫ともいうべき虫の話をいくつも載せているが、そうしたお化けのような虫だけでなく、ごくふつうの虫も好きなのである。

「うむ。その気持ちはよくわかる。だが、テントウムシというのは、鳥に食われるのをあまり見かけないが、あれはあの臭《にお》いのせいだろうな」

と、根岸は言った。

虫はよく鳥についばまれ、半分になった死骸が地面に落ちていて、今度はそれにアリの群れがたかっていたりする。だが、テントウムシに限ると、そうした死骸はほとんど見かけないのだ。

テントウムシをつまんで動けなくすると、黄色い体液を出す。これがひどく嫌な臭いがする。根岸は、おそらくこのせいだろうと、以前から思ってきた。

「まさに、そうでしょう。あの臭いというのは、鳥だけでなく、虫が大好きなカエルや、狂暴なカマキリなども嫌がるみたいです。だから、テントウムシはあんなちびのくせして、天下無敵という顔をしてますよ」

「そうみたいだ」

「その天下無敵ぶりにあやかろうと、なんでもシャムだとか南方の国には、テントウムシそっくりのアブラムシがいるらしいです。あたしはまだ、この目で見たことはなく、これは聞いた話なのですが」

「ほう。アブラムシがテントウムシに化けているわけか。面白いのう」

虫というのは、ときおり化けるのである。枝そっくりのナナフシは、野山でもしばしば見かけるが、ほかにも花に化ける虫などもいるらしい。

「まったく、虫の変化は面白いです」

「だが、蝶右衛門は、虫にも言葉がある、虫同士でしゃべっていると睨《にら》んでいるそうじゃな」

このことは、すでに力丸から聞いていたが、あらためて当人から聞いてみたかった。

「おおせのとおりです。だが、生きものは皆、しゃべっていますよ。虫に限りません。犬猫も鳥もしゃべっています」

「うむ。犬猫や鳥がしゃべるのは、わしもわかる。わが家の黒猫なども、じつによくしゃべる。だが、虫はどうなのかな。スズムシだのキリギリスだのは別としてだぞ」

「いいえ、根岸さま、たとえば、アリ」

「アリ？」

「アリの行列をじいっと見ていますと、行き違うアリ同士は、明らかになにか話し合っています。その言葉が、声のようなものなのか、あるいは身振りなのかは、まだわかりませんが、話しているということについては、あたしは確信を持っています」

「うむ。では、わしもじっくり見てみることにしよう」

そう言って、根岸は目の前のうなぎのかば焼きに、ようやく箸《はし》をつけた。話が面白過ぎて、食べることさえ忘れていた。

ここは、いつもの船宿〈ちくりん〉ではなく、住吉屋蝶右衛門が気に入っているという一色河岸《いしきがし》沿いの〈とんぼ〉という名の料亭である。うなぎがうまいので評判だそうで、根岸は初めてだが、力丸はここのお座敷には、しばしば呼ばれているらしい。

「だが、住吉屋も虫を研究するのだったら、上野の山下あたりに居を構えたほうがよかったのではないか？」

根岸が訊いた。

「それがお奉行さま。深川は意外に虫の棲みやすいところのようでして。お大名の下屋敷などや、お寺の墓地なども多いし、あったかい海風もいいのかもしれません」

「なるほど。確かに、墓地は虫のいい棲みかになっているわな」

根岸も子どものころ、墓地で虫を追いかけた覚えがある。

「そういえば、わたしがよく虫を探す、そっちのお寺ですが、近ごろ妙な噂がありましてな」

それまで嬉々として話していた蝶右衛門の顔が、蜘蛛の糸でもかすめたように、ふうっと翳《かげ》りを帯びた。

「どんな噂かな」

根岸の大きな耳がぴくぴくと動いた。

「そのお寺、大吉《だいきち》の反対の大凶寺《だいきょうじ》というのです」

蝶右衛門がそう言うと、

「あ、あたしも、その噂、聞いてます」

力丸も根岸を見てうなずいた。

「大凶寺？　そんな寺があるのか？」

　寺につけるにしては、不届きな名前ではないか。

「いいえ、本来は、お題目《だいもく》の題に経文《きょうもん》の経と書く題経寺《だいきょうじ》というのです」

「それがなぜ？」

「ここで正月におみくじが出ていまして、それを引いたら、皆、〈大凶〉の卦《け》が出てきたのだそうです」

「ふうむ」

　根岸が、そんな馬鹿なという顔をすると、

「いいえ、根岸さま」

と、力丸は言った。「ひいさま」とは、二人きりか、あるいは親しい者だけのときしか言わない。

「それは本当なんです。うちの置屋《おきや》の二代目である小力《こりき》ちゃんも、今年の正月にあそこでおみくじを引いたのですが、大凶でした。がっかりして、次の日も引きに行くと、それもまた大凶だったって」

「あっはっは。そんなごまかしは簡単だ。くじをぜんぶ、大凶にしておけばよいことだ。悪いくじを引けば、人は賽銭やお布施の額を多くしたり、あるいは特別に祈禱を頼んだりする。それを狙ってのことだろうよ」

と、根岸は笑った。

だが、蝶右衛門は首を横に振り、

「ところがお奉行さま、ある者も同じことを疑い、住職に文句をつけたそうです。すると、住職も疑問に思ったそうで、皆が見ている前でおみくじの箱を開け、すべてのくじを確かめたのだそうです。すると、それにはちゃんと大吉も吉も、中吉も末吉も、それから凶もまんべんなく入っていたのです。つまり、偶然、大凶がつづいたのだと」

「ふうむ」

「それに、あの寺の住職は、あたしも何度か話をしたことがあるのですが、そんなことをするようなお人柄とは思えません」

「ふうむ」

「近ごろは、いろいろ噂が出てきています。大凶寺に墓をつくれば化けて出られるとか、檀家は落ち目になるばかりだとか」

「それはたまらんな」

「しかも、虫の数までだいぶ減ってきているような」

「虫の数が?」

いまは夏真っ盛り。江戸の町が、深山幽谷《しんざんゆうこく》になったみたいに、さまざまな虫が跋《ばっ》扈《こ》する季節である。虫好きにとって、夏は大好きな友人に囲まれるような、喜びの季節なのである。それが、減っているとはどういうことなのか。

「虫というのは、もしかしたら、鋭敏な感覚があり、異変のようなものを察知すると、逃げ出すこともあるのかもしれません」

蝶右衛門の色艶のいい顔に、困惑が広がった。

「虫の報せか」

根岸は苦笑した。

「お調べいただくわけにはまいりませんか？」

蝶右衛門は遠慮がちに訊いた。

「根岸さま」

と、力丸も催促するような目で見た。

「寺のことは寺社方の管轄でな。むしろ町方が関わるのを嫌がっている」

と、根岸は言った。

本来、そうした垣根があってはいけないと、根岸もつねづね思ってきた。だが、町方と寺社方は、昔から相性が悪い。寺社奉行には大名がなるというのも、垣根を高くしている理由になっているだろう。

「だが、気になる話だ。相談してみよう」

と、根岸は約束した。

このときはまだ、単なる悪戯《いたずら》の類だろうと甘く見ていたのである。

第一章　柳の下の女

一

南町奉行所の夜回り専門になっている同心の土久呂凶四郎《どくろきょうしろう》が、相棒の源次《げんじ》とともに、愛宕下《あたごした》からお濠沿いの道をやって来たとき、

――おおっ？

思わず立ち止まり、振り向いた。

源次も同じようにした。

奇妙な女とすれ違ったのである。

青白い顔に、洗い髪みたいにほどけた髪。視線は異様なくらい力がなく、凶四郎たちを一瞥《いちべつ》するどころか、霧でも見ているようにぼんやりしていた。

当人に言えば傷つくだろうが、幽霊みたいである。もっとも、夏の夜には、ふさわしくないこともない。

「なんだ、あの女は？」

凶四郎は源次に訊いた。

「なんですかね。あっしはゾッとしましたよ」

源次は、鳥肌でも立ったのか、二の腕をしきりにこすっている。

近くの久保町《くぼちょう》の番屋に立ち寄った。

顔なじみである初老の番太郎に、

「いま、妙な女を見たんだがな」

と、声をかけると、

「これですか？」

番太郎は両手を胸のあたりでだらりとさせた。

「本物じゃねえよな？」

凶四郎は笑いながら訊いた。

「えっへっへ。本物だったら、あっしはいまごろ蒲団かぶってますよ。でも、気味が悪いでしょう？」

「そりゃあ、よくはないな」

「あの女は、毎晩、新シ橋《あたらしばし》のたもとにある柳の木の下に立つのが仕事らしいんですよ」

「それが仕事？」

「訊いたんです、あっしも。すると、ちゃんと賃金をもらってやってることなんですと」

「賃金をな。幽霊稼業か。面白いではないか」

凶四郎はニヤリとした。

「誰に雇われてるんだと、さらに訊きますと、それはないしょにする約束だと」

「ほう」

「あっしも番屋を舐《な》めてもらっちゃ困るなと、脅《おど》しめいたことも言ったんですが、余計なことを言えば、お払い箱になってしまうんだと。代わりに、あんたがこの先、同額の賃金を払ってくれるなら話してもいいと、こう言いやがるんで。あっしも賃金なんざ払えるわけがねえので、それ以上は控えましたが」

「いつから出てるんだ？」

「十日ほど前ですかね。あっしが声をかけたのは一昨日の晩でしたが」

「毎晩、現われるのか？」

「毎晩ですね」

「住まいはこのあたりなのか？」

「違います。訊いたら、尾張町《おわりちょう》の裏店《うらだな》だとは言ってましたが、本当かどうかは……。

あっしも、跡をつけて確かめたわけではねえもんで」

「わざわざ跡をつけるほどでもないか」

「幽霊の真似するくらいではね。本物の幽霊だったら、もっと跡をつけるのは嫌ですが」

と、番太郎は笑った。

「見に行ってみようか」

凶四郎は源次に言った。

「ええ」

外濠沿いの道である。

ここらは辻番も多く、常夜灯が出ている。今日は半月《はんげつ》くらいで、雲が出ているので、ふつうなら真っ暗だが、常夜灯のおかげであたりはかなり明るい。そもそもここらは治安もよく、悪事めいたことはほとんど起きていない。

「あれだ」

本当に新シ橋のそばの柳の木の下に、女が立っていた。

濠を見て、俯きがちにしている。柳の木に寄りかかるようにしているので、楽な姿勢にも見える。とくに幽霊の真似をしているというより、ただ立っているだけという感じである。それでも賃金はもらえるということだろう。

いったいどういう仕事なのか。

「訊いてみますか？」

源次が訊いた。

「いや、番太郎が訊いたときといっしょだよ。言わねえな」

この晩は、これで帰ることにした。


だが、凶四郎はやっぱり気になるのである。

次の日に起きて、遅い朝飯を食いながら、幽霊がどうやれば商売になるか、考えてみた。すると、けっこう商売になるはずなのである。いちばん簡単なのは、脅しだろう。世の中には、身近な者が誰かに殺されたと思い込んでいる人は、多くはないにしてもいるはずである。証拠がないから捕まえられない。だが、身内の者は復讐してやりたい。そんな望みをかなえるというので、商売にできるだろう。

あとは、幽霊というのは目立つし、噂になりやすい。そうやって、世間の注目を集めておいて、じつは今度、こういう芝居をやるとか、どこどこでお化け屋敷をやるとかと明かせば、巨大な幟《のぼり》を立てるくらいの効果はあるだろう。

——どっちかだろうな。

そう思うと、確かめたくなった。

夕方、源次に考えたことを話すと、

「あっしも気になってました」

「じゃあ、また行くか」

となった。

昨夜と同じくらいの刻限、八つ（午前二時）くらいに愛宕下へ向かった。

「お濠のそばってえのも妙だよな」

「怪談話にふさわしいところじゃありませんね」

「もっとも、お城のなかにも出るらしいからな」

「そうなんですか？」

「お奉行がそう言ってたぜ。大奥のお化けのことで、ときおり相談されるって」

「へえ。だったら、あそこらで変な話があっても不思議はありませんね」

新シ橋のところに来てみると、やはりいた。

よく見ると、髪はほどいているが、着物などはきちんとしている。竹模様の涼しげな着物で、紺色の無地の帯をきつく締めている。髪をきちんと結い直せば、お屋敷の奥女中といった風情である。

きれいな女である。とくに鼻の線がまっすぐで、横顔は高貴な感じさえする。

「やっぱり訊いてみよう」

近づいて、声をかけた。

「お菊《きく》さんの真似かな？」

「なんのことです？」

女は警戒するように一歩下がって言った。

「柳の下がよく似合ってる」

「そりゃどうも」

「幽霊の真似だろ？　皿でも割っちまったかな」

「旦那。ここは番町《ばんちょう》じゃありませんよ」

番町皿屋敷の怪談を知らない江戸っ子はいない。

「じゃあ、柳の下でなにやってんだい？　二四目のどじょうでも探してるのかい？」

「旦那。困らせないでくださいよ。あたしだって、よくわからないでやってるんですから。割のいい仕事なんですよ」

「なるほど」

「別に、誰か迷惑してるわけじゃないでしょう。ただ立ってるだけで、通る人を脅かしたりもしてませんよ」

「そうみたいだ」

「だったら、ほっといてくださいな」

と、手を合わせた。

おそらく花街の女ではない。せいぜい一杯飲み屋の看板娘くらいの、愛想のいい素人娘という感じである。悪事の気配はない。とすると、お化け屋敷の幟のかわりか。

「尾張町から来てるんだって？」

「ええ、まあ」

「名前くらいは聞いておこうかな」

「勘弁してくださいよ」

「言ったほうがいいぜ」

「梅《うめ》ですが」

「お梅ちゃんか」

そんな話をしているときだった。新シ橋を大名駕籠《かご》が渡って来た。

凶四郎は駕籠を見た。

窓が開いていて、なかにいる男の目が、女に向けられているのが見えた。フクロウの愛嬌のある目ではない。闇夜の鷹の目。

「あの駕籠は？」

と、凶四郎は訊いた。

「え？　あれがどうしたんですか？」

「なかの男が、あんたをじいっと見てたぜ」

「さあ、気づきませんでした」

お梅の表情に変化はない。

あの駕籠が目当てではなかったのか。

「あの駕籠、跡をつけますか？」

源次が訊いた。

「いや、いいだろう」

と、首を横に振り、

「お梅ちゃん。また来るぜ」

今宵はここまでとした。

二

ところが、新シ橋から半町（約五五メートル）ほど、土橋《どばし》のほうに来たとき、

「きゃあ」

後ろで悲鳴がした。

「あの女だ」

「ええ」

二人で駆け出したとき、水の音がした。お梅がお濠に落ちたのか、飛び込んだのか。暗くてわからない。

さっきの柳の下に来ると、お梅の姿はない。

「あっちに男が！」

通りがかりの男が愛宕下の通りを指差した。

向こうに逃げて行く影がある。

「源次。お梅を助けろ。おれは、あいつを追う」

「わかりました」

影は静かな愛宕下の通りを駆けて行く。刺したのか、首でも絞めようとしたのか。いまは、あいつを捕まえるしかない。二人のあいだは、二十間（約三六・四メートル）ほどである。

少し行くと、影は右に曲がった。

こういうときは、ひたすら追いかければいいわけではない。曲がるところは、刀に手をかけ、大きく曲がるようにする。待ち伏せされているかもしれない。

だが、待ち伏せはなく、影は逃げつづけている。少し距離が開いた。

ここらは大名屋敷や大身の旗本の屋敷が多く、静まり返っている。辻番はあっても、足音くらいで出て来たりはしない。どうせ、耳の遠くなった老人同士が、昔語りでもしているのだろう。

今度は左に曲がった。足が速い。カタカタと大小の刀が当たる音がしている。町人かと思ったが、どうも武士らしい。

しばらく追いかけて、愛宕山の裏あたりに来た。

左手に黒々と、入道雲を染めたみたいに愛宕山が盛り上がっている。周囲はいくつもの寺が囲んでいる。

ふと、足音が消えた。どこかに潜んだのだ。

半月があるが、霞んでいて、明かりは乏しい。提灯は持って来なかった。

凶四郎は十手《じって》を腰に差し、太刀《たち》を抜き放って、八双《はっそう》に構えながら、ゆっくり進んだ。

右手の町人地の家並のなかから、突然、影が現われ、斬りかかってきた。

受けると激しく火花が散った。やけに大きい火花。

もう一度、打ち合った。衝撃が柔らかい。

なんと、どちらも峰を返していた。凶四郎は、調べのために殺すつもりはないが、向こうはなんなのか。

考える暇もなく、影は一歩下がると、刀を横にして、凶四郎の手元を狙ってきた。

これを右に回ってかわしながら、逆に影の手を叩いた。

「うっ」

影は剣を落とした。

「動くなよ」

元にもどした剣先を相手の顎の下に突きつけた。

相手はやはり武士だった。

「町方になど、捕まらぬぞ。木っ端《こっぱ》役人めが」

「生憎《あいにく》ですが、緊急時はたとえ武士でも捕縛してもよいと、許しが出ているのはご存じないみたいですな」

そう言いながら、凶四郎は男に縄をかけた。


凶四郎は、男を新シ橋わきの、女がいた場所まで連れて来た。

あたりはちょっとした騒ぎになっていた。周囲の辻番からも、老いた武士たちが出て来ていて、迷惑そうに家紋入りの提灯をお濠に向けていた。番屋のほうからも、町役人と番太郎が来て、竹竿でお濠をかき回すようにしている。女が沈んでいないか、調べているのだろう。そのそばに源次がいた。

「女は？」

凶四郎は源次に訊いた。

「それがまだ見つからないんです」

「落ちたのは間違いないぞ」

水音を聞いたのである。小石が落ちたような音ではない。明らかに人が落ちた音だった。

「ええ。さっき、おいらたちに知らせた男もそう言ってました。女が落ち、男が逃げたって。その男は急ぎの用があると行ってしまいましたが」

「斬ったのか？」

「暗くて、なにをしたかは、はっきりわからなかったそうです。だから、落ちたのは間違いないんですが、見当たらねえんです」

「そんな馬鹿な」

向こう岸は石垣、こっちは土手になっているが、土手はかなりの勾配で、いったん落ちたら、容易には這《は》い上がれない。

また、川ならともかく、このあたりのお濠は、ほとんど流れはない。だから、下流に持っていかれるなんてこともないはずなのだ。

「おらぬぞ。聞き違いではないのか？」

辻番の武士が言った。

「なんの聞き違いですか?」

凶四郎はムッとして訊いた。

「ここらは大きな鯉《こい》もいる。夜中に跳ねると、大きな音がすることもある」

「……………」

話にならない。鯉が跳ねる音と、人が落ちる音の区別がつかないのは、あんたみたいな爺《じじ》いだけだと、そう言ってやりたい。

「なにをしたんだ?」

凶四郎は男を見た。

だが、男はそっぽを向いたままである。

女が見つからなければ、この男をどうにかすることもできない。

三

辻番の武士が、

「こっちで預かるか」

と言ったが、

「いや、いなくなった女を調べているところだったのです」

断わって、凶四郎は男を久保町の番屋に入れた。

意外に広い造りで、手前の詰所が四畳半と土間、さらに奥に六畳ほどの土間があり、こちらに男を入れた。

男は、相変わらずなにも話さない。

まるで口がきけないかのように、いっさい無言を通している。だが、さっきは話したのだから、もう口をきかないことにしたのだろう。

正座し、昂然《こうぜん》と胸を張っている。町人の女を斬ったという態度ではない。もし、斬ったとしたら、極悪非道の者を成敗したという態度である。

まだ若い。二十四、五といったところ。月代《さかやき》こそいくらか伸び過ぎているが、不良侍というようすは、微塵も窺《うかが》えない。

「お名前を伺おう」

「………」

「幕臣か？　それともどこかの藩士か？」

「………」

「答えねえなら、浪人とみなすぜ」

凶四郎はわざと乱暴な口調で言った。

「………」

それでも答えない。

「あの女を斬ったのか?」

「……」

着物に血を浴びた跡はない。

死体が上がらなければ、殺しの下手人にもできない。

まして、武士である。

「弱ったな」

どうしようもない。


夜が明けた。

町役人と番太郎は、四畳半で横になり、ぐっすり寝入っている。凶四郎と源次は、慣れているので、まったく眠けはない。ただ、源次は腹が減ったらしく、夜中のうちに用意してくれていた、冷たくなった握り飯を、それでもうまそうに頰張っている。

狂四郎は一人、外の通りに出てみた。ひんやりする白い朝霧のなかで、すでに江戸の町々はわさわさと動き出している。店はまだ開かないが、路地の奥でおかみさんたちが家事を始め、竈《かまど》から煙が流れ出している。

通りを竹模様の着物を着た女がやって来た。用事で動く女の、速い足取りである。このあたりの屋敷の奥女中に違いない。風呂敷包みを手にしているのは、どこかへ使いに出るところなのだろう。

「あいすみません」

凶四郎は声をかけた。

町方の同心の恰好《かっこう》だから、怯えたようすはないが、

「なんでしょう」

怪訝《けげん》そうに訊いた。

「そのお着物なんですが」

「…………」

「お屋敷のお女中方のお揃《そろ》いかなにかで？」

「そうですが、それがなにか？」

男に女の着物のことを訊かれるのは、そうしばしばはないし、嬉しくもないだろう。そんな気持ちが表情ににじみ出た。

「いえ、同じ柄のお着物を召していた女が、昨夜、行方がわからなくなりましてね」

「まあ」

「お屋敷で行方がわからないお女中は？」

「いくつくらいの？」

「若いです。あなたさまと同じくらいの」

「わたしと同じ歳ごろの女中は四人いますが、誰もいなくなってなどおりません」

「歳が違ったら？」

「それでも、誰もいなくなってなどいないと思います」

「昨夜、外に出ていたというようなお女中は？」

「わたしたちは、夜、外に出たりはいたしませぬ」

奥女中らしき女は、怒って歩み去った。

凶四郎は、もう少し遠回しに訊くべきだったと後悔した。結局、どこの屋敷かも訊けずじまいだった。

四

番屋にもどると、町役人と番太郎も起き出していて、凶四郎に熱い茶を淹《い》れてくれた。隣の土間をのぞくと、男は壁に背を預けて寝入っていた。世直しの試案でも考えているみたいな、毅然《きぜん》とした寝姿だった。

凶四郎は、町役人と番太郎に、

「ここらで竹模様の着物の女を見かけないかい?」

と、訊いた。

「竹模様の着物?」

「それをお揃いで着ている屋敷があるはずなんだよ」

「ああ、それは確か丸亀藩《まるがめ》邸ですよ」

と、町役人が言った。

「その屋敷はどこだ?」

「新シ橋からすぐのところですよ」

「上屋敷か?」

「そうです」

「丸亀藩というと、藩主は……」

すぐには出ない。さほど大藩ではない。

「京極《きょうごく》さまです」

「そうか京極家か。家紋はわかるかい?」

「平四《ひらよ》つ目《め》っていうんですかね」

「ああ、そうか」

そういえば、一昨日の晩に、橋のところで見た駕籠には、小さく家紋の平四つ目が入っていた。

「もしかして、お梅は丸亀藩の藩主の目に触れるため、夜の駕籠が通るあそこに立っていたのではないかな」

と、凶四郎は源次に小声で言った。

「なんのためです？」

「やっぱり、復讐のようなものか、知ってるぞという脅しなのか」

昨夜、二つの理由を考えたが、芝居やお化け屋敷の幟のかわりという推測は消えた。もう一方だとすると、京極家の屋敷でなにかあったのではないか。

――もしかして……？

隣の土間にいる武士も、京極家と関わりがあるのではないか。

「ここらに、京極家に出入りしている魚屋だの呉服屋だのはいねえかい？」

と、凶四郎は町役人に訊いた。

「います。そこの魚屋が」

「連れて来てくれねえか？」

「わかりました」

町役人はすぐに、まだ二十歳くらいの若者を連れて来た。魚河岸《うおがし》からもどって、軽く一眠りしようとしていたところだったそうで、深海魚みたいな眠そうな目をしている。

「なんでしょう？」

「ちっと隣の土間にいる武士の顔を見てもらいてえんだ」

そう言って、凶四郎は心張棒《しんばりぼう》を外し、少しだけ隙間を開けて、魚屋にのぞかせた。

しばらくのぞかせてから、戸を閉め、

「どうだ？　あの顔に覚えはねえかい？」

「見たことがありますね」

「どこで？」

「京極さまのお屋敷で」

やはり、そうだった。

「名前はわからねえか？」

「ちっと待ってください。ふつうだったら、覚えているわけねえんですが、あの人は変わった、面白いお名前だったんですよ」

「綽名《あだな》じゃなく？」

「綽名じゃないです。ええと……」

凶四郎は急《せ》かさずに待った。

魚屋は腕組みしたまま、部屋を行ったり来たりして、

「生きものがついたんですよねえ、確か……馬じゃねえし、猿でもねえし、あ、そうだ。白熊ですよ」

「白熊か。そりゃあ忘れねえな」

凶四郎は礼を言って魚屋を帰すと、隣の土間に行き、武士の前に立った。

すでに起きていたが、前に置かれた握り飯にはまったく手をつけていない。縄は解いてあるので、手は自由に使えるのだ。だいぶ腹も減っているはずだが、我慢には慣れているのだろうか。

「京極家のご家来だそうですな」

「……………」

「お名前は、白熊どの」

「……………」

一瞬、凶四郎を見たが、何も言おうとはしない。

ただ、ばれたならしょうがないというように、握り飯に手を伸ばして、うまそうに食べ始めた。

凶四郎は奉行所にもどった。

まずは根岸家の私邸のほうで、ふつうの人には朝飯であるところの晩飯を出してもらって食べ、それから眠りにつくのである。完全に昼夜逆転の暮らしである。この暮らしのほうが、自分に合っている気がするし、それに江戸の町には夜回り専門の同心が必要なのだと思うようになっている。

ちょうど根岸が朝飯を食べているところだった。

「お奉行、じつは……」

と、一昨日の晩から昨夜までのことを話した。

「幽霊の仕事か。面白いな」

「じっくり探ろうと思っていたのですが、まさかの展開となりまして」

「うむ。丸亀の京極家か」

「どういう藩なのでしょう？」

「外様《とざま》だな。幕閣などには、出てきておらぬ。石高《こくだか》は、確か五万石くらいだったな。それくらいが内証はいちばん厳しいらしい。ただ、あそこは金刀比羅《ことひら》参りの参拝客が、ずいぶん金を落としていく。江戸屋敷にもあるしな」

久留米《くるめ》藩邸の水天宮《すいてんぐう》と、丸亀藩の金刀比羅さまは、江戸でも人気がある二大田舎の神さまになっている。

「では、じっさいの石高より実入りは多いのですか？」

「それと近年、砂糖を生産していたはずだな」

「砂糖も」

「砂糖はだいぶ儲かると聞いた。近ごろは生産高も増えているとは聞くがな」

「裕福なのですね」

裕福だから善良だとは限らないが、少なくとも町人相手に金の恨みを買うことはないかもしれない。

「ところが、それが難しいところでな。なまじ、実入りがあると、贅沢に傾く。まあ藩主次第だろうな」

「その藩主のことで、なにかご存じでは？」

「若殿が熱烈な相撲狂だというのは有名だな。羽目《はめ》を外して、ご老中から叱責《しっせき》されたこともある。それくらいだから、ほかでもいろいろ無駄遣いはしているだろうな」

「やはり、そうですか」

他藩の屋敷のなかを探るのは容易ではないが、それでもやらなければ、この一件の謎は解けないだろう。

五

凶四郎は、京極家の内実を探ることにした。

昼過ぎに起きると、急いで朝飯を済ませ、葺屋町《ふきやちょう》に向かった。川柳の師匠であるよし乃《の》の家である。

ひと月ほど前、念願かなって、

「男女の仲」

になった。心も身体も結ばれた。だが、夫婦にはなれない。

なぜなら、よし乃には千両の借金があるから。

「形式になどこだわらなくてもいいじゃない」

と、五七五で食べている女らしくないことを言った。

だが、言われてみれば、それでいいと、凶四郎も思った。

千両の借金がある元日本橋芸者と、夜回り専門の町方同心なのである。しょせん、まともな男女ではないのだから、型に嵌《は》まらなくて当然だろう。

家の前に打ち水がしてあり、朝顔の鉢が並んでいる。女の一人住まいには、夏の風情が慎ましく佇んでいる。

開いたままの玄関口で、

「師匠。おれだよ」

と、声をかけた。

「土久呂の旦那。上がって来て」

上で声がした。

二階に上がると、よし乃は句の清書をしているところだった。

「昨夜の会は、出席者が多かったので、清書も大変」

そう言って、机から凶四郎のほうへ向きを変え、

「どうかした？」

「ああ。師匠に訊きたいことがあって」

「いまごろ来るのは、句の悩みじゃなく、仕事のほうね」

「当たりだ。じつは、四国の丸亀藩に関わることでな」

「京極さまね」

「知ってたかい？」

「ときどきお座敷で、若殿さまと」

「殿さまじゃなく、若殿さまのほうかい？」

「お殿さまは確か、お身体を悪くして寝込んでいるはず。跡継ぎは決まっていて、その若殿さまのほうが」

「藩主になる前から、豪遊三昧かい?」

「かなりね」

と、よし乃はうなずいた。

凶四郎の推測は当たった。愛宕下の屋敷だと、殿さまはどこで遊ぶかと考えたのだ。

愛宕下だと、芝の料亭あたりが近い。だが、芝は格が落ちる。大名が遊ぶなら、吉原か、日本橋か、わざわざ深川まで行くかどうか。

それで、日本橋が臭いと思い、元日本橋の売れっ子芸者だったよし乃のところに来てみたのだった。

「だが、丸亀藩は金刀比羅さまと砂糖で、石高よりもずっと多い実入りがあるらしいぜ」

根岸の受け売りを言った。

「いくら実入りがあったって、あんなに遊んじゃったら、駄目よ。借金もずいぶん溜まってるし」

「借金?」

「〈讃岐屋《さぬきや》〉さんて、知ってる?」

「尾張町の薬種問屋かい?」

あの界隈でも目立つ大店である。

「そう。砂糖をないしょで回してもらっているみたい」

「ははあ」

砂糖の問屋というのは大坂に集中していて、江戸にはほとんどない。江戸では、薬種問屋が砂糖を扱い、たいがいは大坂から回してもらっている。だが、讃岐屋は大坂を通さず、直接持って来てもらっているのだろう。

「お座敷で、丸亀の若殿さまが讃岐屋さんに借金の依頼をしていたこともあったわ。讃岐屋さんはもちろん渋い顔だった。若殿さま、すでに五万両をお貸ししていますと、やはり若い讃岐屋さんが言ってたわ」

「五万両！」

「あたしは千両の借金でこんなに苦しんでいるのに、丸亀藩の若殿さまはその五十倍の借金も、天井のネズミの物音くらいにしか気にならないみたいだった」

よし乃は皮肉な笑いを浮かべて言った。

「では、讃岐屋は貸したのか？」

「そのときは千両ならと言ってた気がする」

「ふうむ」

讃岐屋のことは、調べなければならないだろう。

この話が終わると、二階はやけに静かになった。

土久呂凶四郎が鬢《びん》の乱れを気にしながらこの家を出たのは、それから半刻（一時間）ほど経ってからだった。


「讃岐屋ですか」

夕方、奉行所に来ていた源次に、よし乃から聞いた話を伝えた。よし乃からとは言わず、同心仲間から仕入れたように言ったが、勘のいい源次だから、そこらはわかったかもしれない。

「どうやって調べる？」

「とりあえず、あそこの女中あたりに声をかけてみます」

店の内情を探るには、女中あたりから入るのがいちばんである。詳しい話を知っていて、しかも番頭や手代のような忠誠心はない。ただ、同心が訊くと、怖がられ、警戒されてしまう。

「おいらは、そこの水茶屋にいるよ」

凶四郎は縁台に座り、麦湯を頼んだ。

店の裏のほうに回った源次が、この水茶屋に讃岐屋の女中を連れて来たのは、それからまもなくのことである。

「若いのに、もう親分なんですか？」

源次と同じくらいの歳の女中は、十手を見ながら訊いた。

すぐ隣の縁台に座ってくれたので、話はすべて筒抜けである。

「まあな」

「親分、おかみさんはいるの？」

「岡っ引きなんざ嫌われ者だよ」

「そんなことありませんよ」

会ったばかりで、源次のことが大いにお気に召したらしい。

「ところで、讃岐屋の旦那ってまだ若いよな。いくつだい？」

「確か、二十三。先代も生きてるんですが、あんまり丈夫じゃないので、早めに譲ったんですよ。でも、いまの旦那は商売上手ですよ。先代のときより、売上は倍になりました」

「凄いね」

「新しい商売も手掛けたいみたいなんだけど、うちは丸亀藩とくっつき過ぎだって、こぼしているそうです」

「くっつき過ぎ？」

「ええ。お金もずいぶん貸しているみたいです。でも、なかなか返してもらえないって」

「そうなのか」

「また、あそこの若殿さまもわがままですからね」

女中は憤慨したように言った。

「ひどいことされてるのかい？」

「うちに、讃岐から連れて来てたかもめっていう可愛い女中がいたんですよ。まあ、可愛い娘で、水茶屋の看板娘なんかにしたら、毎日、お客が千人も来ますよ。親分なんか、一目惚れですね」

「なに言ってんだよ」

「そのかもめちゃんを、たまたま店に来た若殿さまが、女中にくれと召し上げてしまったんです。まだ、先代の旦那から、いまの旦那に代わるちょっと前のことでしたね。かもめちゃんも、行きたくなかったのに、前の旦那から店のためだと説得されて」

「京極家に入ったんだ？」

「ええ。それで、この前、いまの旦那が京極さまのお屋敷でばったりかもめちゃんに会ったとき、お店にもどりたいと泣かれたらしいんです」

「うん、それで？」

「それで、旦那も借金の催促といっしょに、かもめちゃんをもどしてくれと頼んだらしいんですが、かもめちゃんは国許に帰ったたって」

「帰った？」

「変な話でしょ」

「それで、どうした？」

「どうもしませんよ。いないんだから、どうしようもないでしょ。でも、借金のほうは相変わらずみたいですしね」

「讃岐屋も大変だな」

女中はうなずき、

「旦那、縄張りはここらなんですか？」

「違うよ。おいらは、まだ縄張りなんかねえんだよ。住まいは、浅草の田原町《たわらまち》ってところだけどね」

「尾張町を縄張りにすればいいじゃないですか。じゃ、あたし、あんまり油売ってると怒られるので。また、訊きに来てくださいね」

女中は熱っぽい目でそう言って、店にもどって行った。

凶四郎は、女中が店に入るのを待って、

「すごいな、源次」

「けっこう、いろんなことを話してくれましたね」

「ああ、訊きたいことはぜんぶしゃべってくれたぜ。おいらじゃ、とてもあんなには聞き出せなかったと思うぜ」

「そんなことは」

「いや、ほんとだ」

改めて源次を見た。

鋭い目が特徴だが、よく見れば、顔立ちは整っている。ちょっと悪そうな顔は、若い娘にもてるのだ。身体つきのほうは、元は駕籠かきだったから肩の筋肉などは盛り上がっているが、全体はすらりとして、俊敏そうである。

「なるほどな。もてるわけだよな」

と、凶四郎は感心した。

「ご冗談を」

「それより、大変な話を聞いたぞ」

「かもめちゃんてえのは気になりますね」

「気になるどころじゃねえ。柳の下に出て来るのは、本当ならそのかもめちゃんなんじゃねえのか」

「まさか」

源次の表情が厳しくなった。

「いや、屋敷から出たいと訴えたかもめちゃんを、若殿さまはバッサリ」

「ひでえ」

「讃岐屋は、かもめちゃんのことは知ってるぞと若殿に訴えるため、あそこにお梅を立たせたんだ」

「かもめちゃんは、もうこの世にいないんですね」

「たぶんな」

「なんてこった」

源次は頭を抱えた。

六

「なるほど、ここがな」

根岸は周囲を見回した。

お梅が立っていたという新シ橋の近くにやって来た。柳の木は周囲の桜の木と比べても目立つくらいの大木で、かなりの樹齢になっているのだろう。風にそよぐと、さわさわと心地よい音を立て、お濠のさざ波と相まって、このあたりの景色をいかにも涼しげに見せていた。

「わざわざ、すみません」

凶四郎は頭を下げた。

「なあに、やはり現場に立ってみぬことにはな」

もっとも根岸が現場に出張るのは、とくに珍しいことではない。今日も根岸家の宮尾《みやお》玄四郎《げんしろう》と、本所深川見回りの椀田《わんだ》豪蔵《ごうぞう》がいっしょだった。

根岸はお濠沿いに、半町ほど土橋のほうに歩き、それから二十間ほど引き返してから、

「やはり、ここだな」

と、土手の一か所を指差した。

「こことおっしゃいますと?」

凶四郎が訊いた。

「お梅が這い上がったところだよ」

「這い上がったんですか?」

それはないと決めつけていた。

「そりゃそうだろうよ。落ちたけど、遺体は見つからない。お濠なんか、ほら、じいっと見れば底まで透けて見えるのだぞ。だったら、這い上がったと考えるしかあるまい」

「確かに」

「たぶん、泳ぎができるおなごだった。ここから這い上がれるということは、あらかじめ調べておいたのだろうな」

「なるほど」

言われてみればそうなのである。根岸と話すと、いつもこうなってしまう。

「そなたの推察だと、若殿は激昂して、かもめとやらを斬ってしまったと」

「はい」

「讃岐屋はそれを正面切って問い詰めたいが、さすがにそれはできない。そこで、かもめのお化けを出現させて、若殿を追い詰めようとした」

「ええ」

「だが、それに気づいた若殿は、身辺にいる白熊という藩士を使って、お化け役を務めているお梅を始末しようとしたと」

「と、思ったのですが……」

そこまでの推察は、朝、根岸に告げておいたのである。

しかし、お梅があらかじめ逃走の仕方を考えていたとなると、筋書きにいささかずれが出て来る。

「となると、讃岐屋は、その襲撃まで予測していたのでしょうか？」

凶四郎は根岸に訊いた。

「それはどうかな」

根岸は、柳の枝をちぎって、その匂いを嗅ぎ、

「これは頭痛に効くんだよな」

などとつぶやいてから、

「さて、そなたが捕まえた武士と会おうか」

と、歩き出した。

凶四郎は根岸の数歩前に行って、番屋まで案内し、

「ここです」

根岸は番屋に入った。

突然、南町奉行が入って来たので、町役人や番太郎は驚愕している。

「よいよい、かまうな」

根岸はそう言って、隣の部屋に入った。

白熊は、今日も姿勢を正して正座している。

「南町奉行の根岸鎮衛だ」

根岸が名乗ると、

「根岸さま」

思わず口を利いた。

根岸は白熊の前にしゃがみ込み、

「白熊という名だそうじゃな」

「は」

「丸亀藩の藩士かな」

「いまは……」

と言って、白熊は俯いてしまった。

いまは、藩士ではないという意味に取れる。

「やはりな。なにか、まずいことでもしたのかな」

「それは、ちと」

言いたくないらしく、根岸もそれ以上は突っ込まない。

「浪人してどれくらいじゃ？」

「まだ、十日も経っておりませぬ」

「丸亀藩邸のなかに、かもめという女中がおったな」

「ああ、はい」

「そなたがいたときまで、かもめはおったか？」

「女中たちのことはよくわかりませぬが、おったように思います」

「それと、そなたは柳の木の下にいたお梅という女になにかしたのか?」

「いえ、なにも」

「しておらぬのだな」

根岸は念押しした。

「はい」

「わかった。ま、もう少し辛抱するがいい。おそらく、悪いほうにはならぬ」

根岸はそう言って立ち上がり、部屋を出ようとすると、白熊某は深々と頭を下げたのだった。

部屋を出るとすぐ、

「さっぱりわからなくなりました」

と、凶四郎は言った。

「そうかな。だいぶ、わかってきたではないか」

根岸は青空でも見上げるような調子で言った。

そこへ、女岡っ引きのしめがやって来た。

「おう、しめさん。どうだった?」

「はい。届けて参りました。かもめの伯母だと言って、羊羹《ようかん》を門番に渡しました。

門番には会わせてくれとも言ったのですが、いまは下屋敷のほうにいるので、もどったら渡すようにすると」

「そうか、そうか」

　この話に凶四郎が、

「お奉行。その話は嘘でしょう？」

「いや、たぶん本当だよ」

「そうなので？」

「しめさんに下屋敷に確かめに行ってもらってもよいが、たぶんそこまでする必要はあるまい」

　と、根岸は言った。

「どういうことでしょう？」

「これはおそらく誰も死んでいないのさ」

「誰も？」

「そう。かもめも、柳の下の女も」

「なんと」

　凶四郎は、夢でも見たような気分である。

「わしが直接、讃岐屋に訊いてみようではないか」

根岸はすでに歩き出している。

七

讃岐屋の若いあるじは、店に入って来た根岸を見て、

「これはお奉行さま」

と、仰天した。

尾張町あたりの大店のあるじは、何人か揃って、年始の挨拶に奉行所を訪ねたりするので、顔を見知っていたらしい。

「いきなり訪ねて来て、相済まぬな。わしの流儀だと思ってくれ」

「ははっ。どうぞ、奥へ」

「いや、そこでよい」

と、根岸は帳場のわきを示し、自ら先に、腰を下ろした。

「単刀直入に行こう。讃岐屋、ずいぶん凝ったことをしたな」

「と、おっしゃいますと？」

「そなたのところにいたかもめという女中は、丸亀藩の若殿に殺されたと疑っているのだろう？」

「……」

讃岐屋の顔がサッと青ざめた。

「だが、それは言えぬわな。そんなことをおおっぴらに言おうものなら、幕府が動き出し、若殿が調べられる。若殿の乱心は、充分、廃藩の理由になる。もし、藩がつぶれたら、讃岐屋が貸している五万両も回収できなくなってしまう」

「……」

讃岐屋は、うなだれてしまった。

「とはいえ、黙って引っ込んでいれば、殺されたかもめは可哀そうだし、あの若殿のことだから、藩の財政もますます厳しくなる。なんとか諌《いさ》めたい。そこで、そなたはかもめの幽霊を登場させた。というより、幽霊と思われなくてもいい。かもめを殺したことはわかってますよということを、露骨にではなく訴えたわけだ」

「……」

「若殿は気づいたはずだが、なぜか動揺したようすはない。もう少し、突っつきたい。そこで、かもめに扮した女が何者かによって殺されたという騒ぎを起こすことにした。斬ったのは武士。若殿は、自分が刺客を差し向けたと疑われるかと不安になる。だが、逃げおおせるはずだった白熊が、捕まってしまった。斬られたはずの女を、じつは無事だと番屋に顔を出させようか、迷っているところではないかな？」

根岸がそこまで話すと、

「根岸さまにはお見通しのようです」

讃岐屋はすっかり畏《おそ》れ入ったというように、両手を畳について言った。

「ここまでの話は認めるか？」

「はい」

「柳の下の女は生きているな？」

「生きてます。いったんお濠に落ちたあと、しばらく泳いで、土手から上がりました。泳ぎのできる女でしたので、思いついたことですが」

「あの武士は丸亀藩の元藩士だな？」

「はい。藩邸のなかにも、若殿のだらしない金遣いに眉をひそめる方たちは何人もおられます。白熊さまは、帳簿を江戸のご家老さまに見せて、緊縮すべきと訴えましたが、うとましがられ、追放の身になったのです。わたしも、白熊さまにはいろいろ相談などをしていたので、路頭に迷うことはさせまいと」

「面倒を見るつもりだったか」

「お梅のことは、詳しい話はせず、お梅になにかしたような芝居をして、逃げてくれと。白熊さまは、あのあたりは土地鑑もあるので、なんなく逃げおおせてくれると思っていたのですが」

「うむ。わしの思ったとおりだ」

「さすが根岸さま」

「だが、そなたは最初のところで間違った」

「と、おっしゃいますと？」

「かめは死んでなどおらぬ」

根岸の言葉に、讃岐屋は目を瞠《みは》って、

「そうなので？」

「いくら未熟な若殿とはいえ、さすがに殺すまではしていない。だが、そなたの店にもどすのは嫌で、国許に帰したなどと嘘をつき、下屋敷のほうに行かせてあるのさ」

「そうでしたか。それは、まあ、よかったです」

讃岐屋は困った顔で言った。

「うむ」

「では、わたしのしたことは、ただの茶番であって、なんの効き目にもならなかったのですね」

「そうだな」

「お騒がせして、申し訳ありません」

讃岐屋は、深々と頭を下げて詫びた。

「そなたも、こんな騒ぎにはせず、うちうちのことで済ますつもりだったのだろう」

「もちろんです」

「生憎、わしのところの夜回り同心が鋭いやつでな」

近くにいた凶四郎が肩をすくめた。

「そうでしたか。罪はわたしが」

「なにも罪など犯しておるまい」

「そうしていただけるので?」

讃岐屋は不思議そうに言った。

「それよりも、讃岐屋、少し助けてやろうか?」

と、根岸は思いがけないことを持ちかけた。

「え?」

「乗りかかった船だ。わしも、一本、釘を刺すことくらいはできるかもしれぬ。うまく行くかどうかは確約できぬが、まあ、期待せずに待ってみてくれ」

と、根岸はそう言って席を立った。

八

根岸は京極家の若殿と面識はないし、会議やお城で会うこともない。

だが、人が人と会う手立てなどは、どうやったってできるのである。

京極家の若殿は、日本橋の料亭〈たちばな〉の常連ということだった。根岸はとくにたちばなの常連ではなかったが、宮尾玄四郎に命じ、京極家の若殿が来るという日を調べさせて、同じ日に隣の部屋を押さえさせた。

当夜の、たちばなの廊下でのことである。

「これは京極さま」

根岸はすれ違った若い武士に声をかけた。

「え？」

「南町奉行をしています根岸肥前守でございます」

「ああ。噂はかねがね」

そう言いつつ、若殿は迷惑げである。若殿の部屋からは、芸者らしい女たちの、にぎやかな声がしている。

根岸は、部屋に逃げ込まれないよう、若殿の前に立ちはだかるようにして、

「じつは先日、巷で評判の金刀比羅さまにお参りさせていただきました」

「そうでしたか」

「いささかご利益を期待しておりまして」

根岸は照れたように頭を掻《か》いた。

「金刀比羅さまは霊験《れいげん》あらたかですぞ」

「やっ、それはありがたい」

と、根岸は満面の笑みを浮かべ、

「親しくしている商人から相談を受けておりましてな。なんでもとあるお大名に五万両ほど貸してあるが、まるで忘れたように惚《とぼ》けられ、しかも店の女中を無理やり召し上げられて、返してくださらないとか」

「………」

若殿の顔が強張《こわば》った。

「それで、わたしが金刀比羅さまに、どうかそのようなことはないようにとお参りし、多少ですが寄進もさせていただきました」

「そ、そうでしたか」

「あ、それと、白熊と申す生真面目なご家来が、なにかの手違いで浪人してしまったらしいのですが、それも帰藩できるようにとも」

「………」

怒るかもしれないという予想もないではなかった。未熟な者はなおさら、都合が悪くなると、怒ってごまかすしかできなくなる。

だが、この若殿は遊び好きだが、血の気はさほど多くはないらしい。

口ごもるばかりである。

動揺はしても、話の中身も理解しただろう。

「あ、ご遊興の途中を、お邪魔いたしました」

そう言って根岸は、自分の部屋へともどったのだった。

讃岐屋が根岸の役宅を訪ねて来たのは、それから三日後のことである。

「根岸さま。じつは本日、京極さまのところに呼ばれ、ご家老さまからとりあえず一万両は返却すると」

「ほう」

「さらに、女中のかもめは本日帰し、白熊は当家にもどったとおっしゃっていただきました」

「それはよかった」

根岸は満足げにうなずいた。白熊の帰藩までは難しいかもしれないと思っていたのである。

「なにをしていただいたのでしょう？」

「なにもせぬよ」

惚けたような口ぶりになった。

「そんな」

と、讃岐屋は苦笑した。

「なあに、金刀比羅さまにお参りしただけだ。生憎、わしは行けなかったので、しめさんという岡っ引きに代参してもらったのだが、金刀比羅さまというのは、噂どおりに霊験あらたかのようだぞ。ふっふっふ」

根岸は面白そうに微笑んだのだった。


この日――。

気がかりだった大凶寺の件についても、少し動きがあった。

根岸は評定所《ひょうじょうしょ》の会議の際、寺社奉行のなかでいちばん気安く話ができる脇坂淡路《わきさかあわじの》守《かみ》に大凶寺について耳打ちしておいたのである。

脇坂は、わかりましたと、深川の寺社について詳しい者に訊ねてみますと、そう約束してくれた。さっそく、その返事が来た。

「根岸どの。その寺のことは知っておりました」

「ほう」

「吟味物調役《ぎんみものしらべやく》の樺島《かばしま》という者がその噂を聞きつけていて、すでに探りも入れているとのことでした」

吟味物調役というのは、幕府の評定所から寺社奉行のところに送り込まれる役職で、町方で言えば与力に当たる重職である。

「それでは、あとは脇坂さまにおまかせして」

と、根岸は頭を下げた。

このとき、自分の仕事はこれで済んだと思っていたのである。

第二章　枕返し

一

凶四郎と源次が、今宵は深川一帯を回ることにして、永代橋《えいたいばし》を渡っていると、

「あれ？」

と、源次がつぶやいた。

「どうかしたか？」

「前を行く女に見覚えはありませんか？」

暮れ六つ（午後六時）時だが、晴れているため西の空から薄青い明かりが届いてきている。浴衣の裾《すそ》から見える女の後ろ脛《すね》の白さが、やけに色っぽく、生々しい。きれいな後ろ姿である。胸を張って歩いているのが、後ろからでもわかる。

凶四郎はしばし見つめて、

「もしかして、柳の下の女か？」

「そうですよ」

源次は足を速めて近づき、

「おい、お梅ちゃん」

「え？」

振り向いたところを見ると、お梅というのは本名だったらしい。

「あら、若い親分と町回りの旦那」

笑顔を見せた。たいして悪びれてはいないらしい。

「あんたには一杯食わされたぜ」

と、凶四郎は言った。

「ごめんなさい」

「どこに行くんだい？」

「ちょっと」

「まさか、また、幽霊稼業ってわけじゃねえよな」

「あたしだって、好きでやってるんじゃありませんよ」

そう言ったからには、今宵も幽霊の真似ごとをするらしい。

「そんなに頼むやつがいるのかい？」

「不思議ですよね」

「びっくりさせるのは面白いかい？」

「お化け屋敷じゃないんですから、そんなにびっくりさせるようなことはしませんよ」

「またお濠だの川だのに飛び込むんじゃねえだろうな」

「もう、しませんよ。すみませんね、あの節はご心配かけちゃって」

「ほんとだよ」

「たぶん這い上がったんだと、すぐにわかってくれるだろうと思ったので」

やったほうはそう思っていたのかもしれないが、こっちは、まさか泳ぎのうまい女が這い上がるところまで決めていたとは思わない。

だが、いまさら文句を言っても始まらない。

「まあ、気をつけたほうがいいぜ。幽霊稼業なんざ、だいたいがまともじゃねえんだから、なにが起きるかわからねえぞ」

「ありがとうございます」

お梅はきちんと礼を言って、永代橋を渡り切って、左の道を歩いて行った。

源次は見送ったあと、

「面白い女ですね」

と、感心したように言った。

「面白いかね」

「面白いってのはいいですよ」

うっとりしたような気配がある。

「おい、源次。もしかして、ああいうのが好みか？」

「え？　美人じゃないですか」

否定しない。ほんとに好みらしい。てっきり源次というのは、いかにも純朴そうで、愛くるしい感じの娘が好みだろうと思っていた。

「美人だが、ちっと変じゃねえか」

「いやあ、あっしはふつうのいい子より、ちっと変なくらいの女のほうが、いっしょにいて楽しいと思いますぜ」

「それに、お梅は源次より三つ、四つ年上じゃねえのか？」

「年上、いいですねえ」

「へえ」

意外な好みを聞いた気がする。

どうりで、いままで娘っ子たちに気のあるそぶりをされても、ちょっかいを出したりしなかったわけだ――と、凶四郎は納得した。

二

根岸はいつもの評定所でおこなわれる会議ではなく、千代田城本丸《ほんまる》の黒書院《くろしょいん》でおこなわれた会議に出席していた。国防に関する重大な会議というので、元老中である松平定信《まつだいらさだのぶ》も招かれて来ていた。定信は、国防に関して、以前から強い危機感を持ち、いまも蝦夷《えぞ》や長崎に密偵を放って、詳しい事態を把握しているのだ。

いま、この国の海には、異国船がしばしば接近を繰り返している。これまでは、ひたすら追い払うということをしてきたが、今後もそれでやっていけるのか、幕閣は内心、疑念や不安を抱えている。

会議は長引き、夕方になってようやく終わった。

その帰り際、松の廊下のところで、

「根岸、そなたに相談がある。後で行く」

と、定信に声をかけられた。

「相談ですか」

「うむ。ほら、そなたの『耳袋』に、武田信玄《たけだしんげん》のなぎなたの話があったろう」

「ああ、はい」

「なぎなたが逆になり、枕返しが起きるというやつ。あれだ、あれ。わしが枕返しに遭っているのだ」

と、それだけ言って、立ち去ってしまった。相変わらずせわしないお人である。

定信が言っていた話は、確かに根岸も『耳袋』に書き記している。ただ、話の中身は定信の言ったことと違っている。

『耳袋』に書いたのは、「怪刀のこと」と題したこんな話である。


寺社奉行の松平右京亮《まつだいらうきようのすけ》の屋敷にあった刀の近くで、家来が寝ると、苦しげにうなされる。刀を遠ざけると、うなされることはない。それで、土蔵の棟木《むなぎ》に上げて寝るようになったという。

また、江戸城内で聞いたのだが、小田切土佐守《おだぎりとさのかみ》の先祖は甲州の出身で、武田信玄からいただいたなぎなたを、いまも玄関の槍掛けに飾ってある。玄関に詰めている家来が、このなぎなたに足を向けて寝ると、しばしば枕返しが起きるというのだった。


じつは、この話の後半はだいぶ省略されてある。

というのも、小田切土佐守は、北町奉行なのである。したがって、南町奉行である根岸が、小田切家の話を書くというのはいろいろ差し障りがある。

そこで、『耳袋』には、大雑把なことを書いたのだが、根岸と定信はもっと詳しい話を聞いていた。

詳しく語ると、小田切家のなぎなたは、夜中にいつの間にか、左右が逆になってしまうのである。玄関には見張りの家来が詰めているから、悪戯などはできるはずがない。また、家来が寝入ってしまうと、ついこのなぎなたに足を向けることになり、すると何者かが家来の足を打ち、

「足を向けるでない」

とささやき、消えてしまう——こういう話なのである。

〈枕返し〉というのは、江戸っ子にはよく知られた妖怪の名前でもある。

さほどひどい悪さはせず、寝ている者に悪戯のようなことをすると言われる。その悪戯は、使っている枕そのものをひっくり返すというのと、寝ている頭と足の向きが逆になるという二種類がある。小田切家ではなぎなたに、この後者の枕返しと同様の現象が起きたというのだった。

だが、定信は「わしが枕返しに遭った」と言っていた。

それは、どういうことなのか。

新しく入手した怪しい刀でも飾って寝ているのか。

「ふうむ」

根岸は困った顔で、小さくため息をついた。

それ以上のことは当人に訊くしかない。後で行くと言っていたから、奉行所の裏の私邸のほうに来るつもりなのだろう。ただ定信という人は、こっちが忙しかろうが飯どきだろうが、ひどいときはすでに寝てしまっていても、まるでおかまいなしなのだった。

三

凶四郎と源次が、富岡八幡宮《とみおかはちまんぐう》から十五間川《じゅうごけんがわ》沿いに、大川のほうへ引き返してくると、富岡橋の右手で騒ぎが起きていた。

一色町《いしきちょう》の番屋の町役人が、提灯片手に富岡橋の反対側に立っていたので、

「どうしたんだ？」

と、凶四郎は訊いた。

「向こうのお寺で誰か殺されたらしいんで」

「殺されただと？」

凶四郎と源次は、寺町のほうへ行ってみることにした。

ここらは道の右手が寺町で、大小十あまりの寺がずうっとつづいている。

そのうちのなかほど、題経寺《だいきょうじ》という寺のなかでなにかあったらしい。野次馬が数

人集まっていて、門のなかをのぞくと、本堂の裏手のあたりで、いくつもの提灯が揺れている。

「寺のなかか」

凶四郎は入るのをためらった。町方の管轄ではない。あとで寺社方から抗議が来たりすると、根岸を煩わせることになる。

「あっしが潜り込みますよ」

と、源次が言った。

「うん、ちょっと待て」

そこへちょうど、顔見知りの岡っ引きが来た。

「あ、土久呂さまでは」

「おう、定八《さだはち》か」

深川万年町《まんねんちょう》を縄張りにする岡っ引きである。船頭上がりで、いまも何艘かは自分の舟を持っていて、暇な下っ引きはそっちを手伝わせているらしい。

「殺されたのは坊主か？」

と、凶四郎は訊いた。

「どうでしょう。あっしも誰かが殺されたとしか聞いてねえもんで」

「この源次も連れてってもらえねえかい。調べに首を突っ込んだりはしねえから」

「ああ、いいですよ」

岡っ引きは、町方の仕事をしていても、寺から依頼されれば、わりと出入りは自由なのである。祭りのときなど、なんのかんので、岡っ引きとは付き合いがある。

「じゃあ、ちょっと見て来ます」

と、源次は定八といっしょに入って行った。

待っていると、野次馬がどんどん集まって来る。

開いている門からなかを見ながら、

「やっぱりだよ」

「そのうち人が死ぬと思ってたよ」

「いやあ、まさかそこまでとは思わなかったな」

といった話を始めた。

聞き捨てにはできず、

「なにか予兆みたいなことがあったのか？」

と、凶四郎は訊いた。

「ええ。ここは近ごろ、大凶寺と呼ばれてましてね。大吉の反対の大凶ですよ」

近所の料亭の板前なのか、ねじり鉢巻に前掛けをした男が言った。

「なぜ？」

「ここのおみくじを引けば、大凶の卦しか出ないし、地震でもないのに墓石が倒れたり、檀家に不幸がつづいたり、まあ、ろくなことがないんですよ。これも出るし」

板前らしき男は幽霊の恰好をした。

「幽霊が」

凶四郎は嫌な気がした。お梅が仕事をしているのは、この寺ではないのか。

「住職も悩んじゃって、まあ、お経だけは一生懸命唱えているらしいですが、どうも効果はないみたいですね」

板前らしき男がそう言うと、

「最近は、別の坊さんが檀家回りをしているらしいぜ。まだ若くて、恐ろしく背の高い坊さんだ」

わきから、真っ黒に日焼けしたどう見ても漁師という男が言った。

「ああ、知ってるよ。七尺（約二一二センチ）くらいあるだろう。あんなに背の高い男は初めて見たぜ。皆、あれじゃあ、坊さんじゃなくて、棒さんだとか、櫓《やぐら》さまだとか言ってるよ。あれ、名前は良淳《りようじゆん》とかいって、どこかほかの寺から来てるらしいぜ」

板前らしき男が、漁師らしき男に言った。

「いつから、そんなことが起きたのだ？」

凶四郎は二人に訊いた。

「いつからだろうな？」

板前らしき男は、漁師らしき男を見た。

「去年の暮れに墓石がずいぶん倒れたとは聞いたな」

「そうだ。それで、除夜の鐘が途中で途切れたんだ」

「そうそう。なんでも小坊主が具合が悪くなったらしいぜ。縁起でもねえなあとか言ってたんだから」

「それで、正月のおみくじの大凶騒ぎだろう。そうだ、そのころからですよ」

と、板前らしき男は、凶四郎に言った。

ということは、ほぼ半年、この寺では奇怪なできごとがつづいていたわけである。

「挙句の果ての人殺しか」

凶四郎がそう言ったとき、向こうから源次が小走りにやって来た。

「旦那、大変です」

いままで見たことがないような、強張《こわば》った顔をしている。

「どうした？」

「女が刺されて死んでるんですが、それはお梅でした」

さっき幽霊の話を聞いたとき、嫌な感じがしたが、まさか殺されたとまでは思わなかった。

「会ったとき、そんな仕事はやめろと言えばよかったです」

源次は悔しそうに頭を掻きむしった。

「言ったって、来てたさ。墓場で刺されたのか？」

「墓場というより、入口の物置小屋のところです」

「どこを刺されてた？」

「後ろから、胸を一突きですよ。争ったようすもなかったです。まあ、たいして苦しんだりはしなかったでしょうが」

「よし。おれも見て来よう」

どさくさにまぎれて、現場だけでも見ておこうと思った。

ところが、

「こらこら、待て待て」

と、後ろから声がかかった。

振り向くと、そこにいた男は顔が凶四郎のはるか頭上にあった。七尺はおおげさにしても、六尺（約一八二センチ）と二、三寸（約六〜九センチ）はあるだろう。

「なんだと」

——これが噂の棒さんか。

と、すぐにぴんときた。

「町方だろう。うちの寺になんの用だ」

下からのぞく恰好になるので、顔立ちや表情はよくわからないが、怒っているらしい。

「なかで女が殺されたらしいのでな」

「わかっておる。だが、寺のなかは、寺社方の管轄だ。いま、わしが寺社方に知らせるよう頼んできた。町方の介入などは無用！」

まるで、天の声で叱られているようだった。

四

根岸は松平定信が来るかもしれないので、慌ただしく夕飯を済ませ、しばらくは表の奉行所から持ってきた書類に目を通していた。

根岸の書斎兼寝室には、時計が置いてある。書類を読み終え、刻限を確かめると、すでに四つ（この時季だと二十二時ごろ）を過ぎてしまった。

根岸は決して宵っぱりではない。いつも朝早くに起きて動き出すので、すでに眠けを催してきた。

女中たちが吊るしておいた蚊帳《かや》をぐって蒲団に入ると、すぐにうとうとする。

黒猫のお鈴《すず》がやって来て、苦手な蚊帳をどうにかくぐると、根岸の枕元をぐるぐる回り始めた。

——あ、まずい。

亡妻のたかが訪ねて来るときに、お鈴はよくこんな動きをする。

案の定、

「お寝《やす》みになって、よろしいのですか」

枕元で、たかの声がした。聞き慣れた優しい声。若き日の根岸に、戸惑いながらもついてきてくれた亡妻の声。

「なぜだ？」

根岸は横になったまま訊いた。

「楽翁《らくおう》さまがいらっしゃるのでは？」

「だが、なかなか来られぬので寝ることにした」

「でも、そこまでいらっしゃってますよ」

「そうなのか」

と訊いた途端、

「根岸。いまごろから寝るなど、爺いになった証拠だぞ」

という定信の声がした。

「ほら。では、わたしはこれで」

たかがすうっといなくなり、根岸は慌てて跳ね起きると、蚊帳の向こうに真っ白い着物を着た定信の姿が見えた。その後ろには顔なじみの家来が三人、控えている。

「みゃっ」

お鈴は、「なんだよ」というように鳴いた。

「もう寝たのか？」

「申し訳ありません。今宵はもう、上屋敷にもどられたのだろうと思ってしまいまして」

根岸は蚊帳を出て言った。

「もどったことはもどったが、晩餐を済ませて、また出て来たのだ」

なぜか恩着せがましい口振りである。

「それはまた、わざわざ」

「なあに。やはり、そなたに訊くのがいちばんということがあったのでな」

庭の前の部屋に、向かい合って座った。

女中たちが慌ただしく、茶を持って来たり、蚊やりをいくつも焚いたりして、しばらくばたばたしたが、一段落して、

「枕返しが起きるとのことでしたな？」

と、根岸は訊いた。

「そうなのだ。この七、八日ほど、毎晩だ」

定信はうんざりしたように言った。

「刀が逆になるのではなくて？」

「わしが逆になるのだ。いつも床の間のほうに頭を向けて寝るのだが、朝、起きると、枕ごと逆向きで寝ているのだ」

「それは面妖《めんよう》ですな」

「根岸はそういう経験はないのか？」

「たまにあります」

「あるか」

「夜中に厠《かわや》に立ったあと、なんとなく寝苦しいときは、枕の位置を替えたりするので」

根岸がそう言うと、定信はムッとして、

「わしは、そなたと違って、夜中に厠に立ったりせぬわ」

「……」

根岸は必ず行く。数年前までは一回だったが、いまは一晩に二回行くのがほとんどである。それは、自分でも情けない。

「まれに尿意を催しても、尿瓶《しびん》で済ませる。そなた、尿瓶は使わぬのか？」

「は。どうも、あれはちと」

あんなものにはしたくない。

「会津塗りのいいものがあるから、届けさせようか？」

「とてもとても、そんな立派なものに、わたしごときの小便など入れられませぬ」

「根岸のは立派なものと聞いたがな」

「いやいや」

「だからな、わしは寝惚けているわけではないのだ」

「御前の寝室だけで起きることですか？」

「そうじゃな」

「ほかの寝室を試したのですね？」

「そんなことは試さぬ。だが、わしだって、そなたがたまに力丸のところに泊まるように、別のところに泊まるときもある」

「……」

遅くなるときはあるが、泊まることはない。が、そんなことで言い訳しても仕方がないので黙っている。

「そのときは、逆になったりはしなかった」

「そうですか。では、とりあえずお屋敷のなかで、寝室を替えてみては？」

と、根岸は提案した。

「それは嫌だ」

「そうなので？」

わが家なら、どこで寝てもいいような気がする。

後ろにいる家来たちを見ると、皆、神妙な顔をしている。つねに定信に付き添う小姓と護衛の者たちで、枕返しがあったときも、そばにいたはずである。が、さほど心配しているようすではない。

「あの部屋は、わしが気に入ったものばかりを集めた部屋で、そのなかだからこそ熟睡もできるのだ。わしが死んだときは、あの部屋のまま墓にしてもらいたいくらい気に入っているのだ」

と、定信は言った。

「そうですか」

「この謎、解いてくれるな？」

「必ず解けるとお約束はできかねますが」

「いつ、来る？　いまからか？」

「いまからですか？」

「寝床を並べて寝てもよいぞ」

「ははあ」

嬉しい申し出だが、寝心地はよくないだろう。

ためらっていると、

「さすがに今日は無理か」

と、素晴らしい提案を引っ込めてくれた。

「御意《ぎょい》」

「では、いつ来る？」

「追ってご連絡いたします」

「まったく役人というのは愚図《ぐず》が多いのう」

定信はそう言って、立ち上がった。

いっしょに来た家来たちが、申し訳なさそうに、そっと根岸に頭を下げた。

根岸はなんとなく、この謎は解かなくていいような気がした。

五

翌日――。

凶四郎は、お梅のことを知るために、尾張町にある薬種問屋の讃岐屋を訪ねた。まだ暮れ六つには、一刻近くある。凶四郎にしては、滅多にないような早出である。

讃岐屋のあるじは、根岸といっしょに来ていた凶四郎のことを覚えていて、

「先日はありがとうございました。根岸さまの洞察力には感服いたしました」

と、言った。

「ところで、讃岐屋に頼まれて柳の下に立った女だがな」

「はい、お梅ですね」

「殺された」

静かな口調で告げた。

すぐにはわからなかったようだったが、突如、目を瞠り、

「えっ！　なんでまた？」

「わからぬ。ただ、殺される少し前に、永代橋のところで会ったんだ。これから、また幽霊になるんだと言っていた」

「ええ。あれは、このところ幽霊になるので食べてましたから」

「もともと、そんな商売なのか？」

「違います。旅役者というか、お化け屋敷みたいな芝居をする一座の一人だったんです。でも、身体の調子を崩して、今度の旅にはついていかなかったそうです。そ

のかわりに、幽霊みたいなことをする仕事を始めていて、あたしはそれを手代から聞いていたので、お梅を使うことを思いついたのです」

「そうだったのか」

「でも、どこで殺されたので?」

「深川の題経寺という寺だ」

「ああ、あたしが頼みに行ったときも、このところ深川の寺で幽霊をやっているとは言ってました」

「そうなのか。どういうことで、寺で幽霊をやるんだ?」

「さあ、そこまでは」

と、讃岐屋は首をかしげた。

「誰に頼まれたとかも言ってなかったか?」

「言ってません。依頼主の秘密は守ると、自慢げに言っていたくらいですから」

「なるほど」

「まさか、京極さまと関わりは?」

讃岐屋は急に不安そうな顔になって訊いた。

「いや、それは関係ないだろう」

と、凶四郎は苦笑した。

「可哀そうに。役者の真似ごとはしてましたが、なかなか気立てはよかったでしょう」

「そうだったな」

「お梅に家族はいるんですかい？」

と、凶四郎の後ろから源次が訊いた。

「一座のなかに叔父と叔母がいるとは言ってましたが、しばらく連絡はつかないでしょう。いったん旅に出たら、半年とか一年とか帰ってこないそうです」

「そうか」

源次はつらそうにうなずいた。弔いのことを考えたのだろう。

「土久呂さまが下手人を捕まえるのですね？」

「それはできねえんだよ。寺のなかのことは、寺社方が担当し、町方は関わることはできねえことになってるんだ」

「そうですか」

しかし、探るくらいは、こっちの勝手というものだろう。

「お梅の家は尾張町と聞いたが？」

「ええ。そっちの二丁目の裏店で、木兵衛《もくべえ》長屋というところです」

凶四郎と源次は行ってみることにした。

「なにかわかりますかね？」

歩きながら源次が訊いた。

「どうかな。まさか大福帳みたいなものはつけてねえだろうが、なにか覚書みたいなものがあるといいんだがな」

なかなか几帳面そうなところもありそうだったので、凶四郎は期待している。

木兵衛長屋は、油屋の裏にあって、路地のところからすでに油の匂いがしていた。うまそうな匂いだが、ずっと嗅いでいると、胸焼けがしてきそうである。

お店者《たなもの》が多いらしく、暮れ六つが近いのに四軒同士が向かい合う長屋からは、ほとんど人のいる気配はしていない。

腰高障子に〈龍右衛門《りゅうえもん》一座〉と書かれた家があり、〈お梅〉という三社札《さんじゃふだ》らしきものも貼られていたので、ここだとわかった。

「ごめんよ」

いちおう声をかけて、戸を開けた。

――ん？

押入れが開いていて、着物が散らばっている。

だらしないのではない。

誰かが先に入っていて、荒らした跡なのだ。

「やられたな」

「なんてこった」

凶四郎は畳に上がって、散らばった着物などを丁寧に見ていくことにした。

芝居衣装のようなものもある。

「旦那、これ」

と、源次が手帖らしきものを差し出した。

めくると、いちばん最後は、

「尾張町讃岐屋さん。幽霊もどき、柳の下に一刻、泳いで逃げるもあり。一晩につき五百文、延長はなし」

と、書かれている。

その前は、

「両国広小路竹右衛門《たけえもん》一座のお化け屋敷に助っ人、一晩四百文、混み合う日のみ」

とあり、二枚のあいだに、一枚だけ破いた跡があった。

「これに依頼主が書いてあったんだな」

「ええ」

「書くところを見ていたので、破りに来たのだろうな」

「一足、遅かったですね」

「まったくだ」

「すれ違っていたかもしれませんよ」

源次はそう言って、途中の道のりを思い出そうとした。

だが、凶四郎はとくに怪しいやつとはすれ違っていないと確信した。怪しいやつなら、必ず目に留めているはずである。

「ほかにも奪われたものがあるかもしれませんよ」

源次は散らかった着物を押入れにもどし、元のようすを再現しようとした。

「わからねえな」

「金目のものも持ってってはいませんね」

着物や帯は、質屋に入れれば、いくらかにはなる。コソ泥のしわざでないことは明らかだった。

いったい、なにが起きたのか。

物盗りでもなければ、怨恨の気配もない。

お梅は、なにやら妙なことに巻き込まれたに違いなかった。

六

根岸は、八丁堀にある松平定信の上屋敷にやって来た。結局、翌日には来ることになってしまった。でないと、毎晩でも催促の遣いが来るのはわかっている。

越中橋《えっちゅうばし》を渡ると、目の前が門になっている。あらかじめ遣いを出しておいたので、門番がすぐに門扉を開けた。

築地《つきじ》の下屋敷にはよく行くが、こちらは久しぶりの気がする。

下屋敷のほうは一万五千坪を上回る広大な屋敷だが、ここは九千坪ほどらしい。それでも、南北に三町（約三二七メートル）、東西に一町（約一〇九メートル）ほどの広さで、庭も回遊式で手入れが行き届いているのは一目でわかる。奥の高台には、陽が落ちかけていてはっきりとは見えないが、見慣れない物見台のようなものがつくられていた。

定信は、廊下に出て待っていて、根岸が来るとすぐに、

「ここがわしの寝室じゃ」

と、自慢げに顎をしゃくった。

「ははあ」

なにからなにまで特注のものというのが、一歩入っただけでわかる。畳などは、

昨日替えたばかりのように新しく、いい匂いがする。襖は江戸城の虎の絵に対抗したかのように、龍たちが群れを成している。もちろん、龍たちの背景には、金箔がこれでもかというくらいに貼られている。

床の間や棚に無造作に置かれた掛け軸や調度品については、見て見ぬふりをした。なまじ褒めようものなら、一品ずつ、学者になれるくらい詳しい講釈を聞かされる。

それよりも、

「どこに寝床を？」

と、根岸は訊いた。

二十畳ほどある広い部屋だから、どこにだって蒲団は敷ける。逆に、真ん中に敷くと、落ち着かない気がするが、

「ここだ」

と、ど真ん中を示した。

「蚊帳は吊りますか？」

「無論じゃ。二十畳用の蚊帳だぞ」

自慢した。

「……」

そんな蚊帳を吊るなら、襖のところに薄布を吊るせば済むのではないか。

「蒲団も敷いてみよう」

そう言って手を叩き、姿を見せた女中に蒲団を敷かせた。

敷き蒲団は、たっぷり綿を使った、筋斗雲《きんとうん》のような蒲団である。鶴の群れが飛ぶ柄になっていて、寝ているあいだに蝦夷あたりまで飛んで行きそうである。

掛け蒲団は、さすがにいまの時季は薄手のもので、こっちは大きな亀が一匹、海を泳ぐ絵柄になっていた。

鶴と亀で、けっこう縁起をかつぐ定信の本心が、蒲団の柄にも窺える。

「寝てみようか」

と、定信は蒲団に横になり、

「これが、朝起きたときは、こうなっているのだ」

枕を抱いて、反対向きになった。

「なるほど」

「根岸も体験したらわかるが、なんだか不気味なものだぞ」

「そうでしょうね」

と、根岸はうなずいた。それは知らないうちに、逆向きになっていたら、嬉しくはないだろう。

根岸は床の間にある刀掛けと刀を見て、

「刀にはなにも変わったことは起きてないのですね？」

「ないな。少なくとも、向きが逆になったりはしておらぬ」

「刀の中身にも異常はないですか？」

「刀身にということか？　そこまで確かめてみたことはない」

「まさか血油がついていたり？」

「おい、気味悪いことを言うな」

　定信は刀を取り、そっと抜き放った。確か家康公の手元にあったという、備前長《びぜんおさ》船《ふね》の名刀である。鍔《つば》は葵《あおい》の紋になっている。

　涼しげな光が走り、

「異常はないな」

　定信はホッとしたように言った。

「御前は眠りは深いですよね？」

　根岸はさらに訊いた。

「わしの眠りが深いかどうか、他人と比べたことがないのでわからんな」

「眠れないことは？」

「眠れないなどというやつは、疲れていないからだ。昼間、頭を使わないからだ。一日、一生懸命動き回り、頭をたっぷり使えば、眠れないなんてことはない」

「ははあ」

土久呂凶四郎に言えば、さぞかし傷つくだろう。

「しかも夜中に目を覚ますこともほとんどないわけですね？」

「ああ」

「夢はご覧になりますか？」

「そうだな。たまに、朝方に見たりするな。朝方の夢は正夢というが、ほんとかな」

「さあ、そんなこともないでしょうが」

根岸はそう言いながら、部屋のなかをゆっくりと回った。

いつも定信といっしょにいる家来たちも、心配そうに根岸を見つめている。

方角を確かめた。

最初に寝るのは、南が頭になる。だが、朝起きると、北向きに寝ていることになる。

――北枕か。

だが、定信にはそのことを言わずに、

「近ごろ、縁起が悪いというようなことはなかったですか？」

と、訊いた。

「縁起が悪い？　いや、逆だな」

「逆？」

「うむ。近ごろ、朝はいつも茶柱が立つ」

「なるほど」

「玄関には白蛇が出た」

「それは吉兆ですね」

「出がけにわしの駕籠にテントウムシがとまっていたりする。あれは縁起のよいものなのだろう？」

「もちろんです。つねに太陽に向かって飛ぶ虫ですので」

と、根岸が言った。

さらに、廊下にいた家来の一人が、

「御前、近ごろずっと、御前の寝室の前でふくろうが鳴いています」

と、告げた。

「おう、そうじゃ。根岸、ふくろうも縁起がいいらしいな」

「ええ、まあ。不苦労《ふくろう》、苦労なしといいますからな」

「ああ、言うな、確かに」

「すると、枕が逆になってから、縁起のいいことがつづいているのですな？」

「そうだな」

「北枕になってからですね？」

ここで指摘した。

「北枕？」

「枕の向きが」

「あ、そうなるのか。だが、北枕というのは縁起が悪いのだろう」

定信は眉をひそめた。

「そんなことはありません。巷では、吉原のほうを向いて寝るというので、北を枕に寝ることが流行《はや》っております」

根岸がそう言うと、控えた家来たちが安堵《あんど》したように見えた。

「そうなのか。ふうむ」

定信はなにかを考え直すような、微妙な顔をした。

「御前。今宵は寝室のごようすを見せていただきました。これから帰って、枕返しの謎をじっくり考えたいと思いますので」

「わかった。わざわざ、済まなかったな」

定信はうなずき、そこで根岸を見送った。

根岸は廊下を歩きながら、ついて来た定信の側近——名を赤松兵庫《あかまつひょうご》といったが

——に、

「わたしはなんとなく気づいたことがあるのですが、これは御前には言わないほうがよろしいのでしょうか？」

と、小声で言った。

「やはり、おわかりになりましたか」

「あの物見台みたいなものですかな」

「ああ、さすがでございますな」

「ここでは言いにくいでしょう」

「はい。明日にでも、わたしが根岸さまのところにお伺いしてよろしいでしょうか？」

赤松は真剣な目で訊いた。

「むろん。お待ちしております」

根岸は、すっかり暗くなった庭の向こうに見える物見台の影を、もう一度見た。

大きな人の影のようだった。

七

翌朝——。

根岸が起きて、朝餉《あさげ》の席に着くと、もどったばかりらしい土久呂凶四郎がいて、食べていた途中の箸を置くと、

「お奉行。讃岐屋の一件で、柳の下で幽霊の真似をした女がいましたでしょう」

「うむ。泳いで這い上がった女だな」

「殺されました」

「……………」

朝の膳が置かれた。今朝のおかずは、卵焼きと茄子のシギ焼き、それに豆腐の味噌汁である。根岸は箸を取って食べ始めながら、

「京極家と関わりはあるまい」

と、言った。

「ないと思います。お梅という名でしたが、殺される前にたまたま永代橋の上で会いまして、また幽霊の真似をしに行くところのようでした。もともと旅役者の一座にいて、お化け屋敷みたいなこともしていたのですが、今回の旅には行かずに、それでほかのお化け屋敷などに出ているうち、幽霊の真似ごとみたいな仕事を頼まれるようになったようなのです」

「そういうわけか」

「それで、深川の寺で幽霊の真似ごとをしていたのですが、昨日の夜、何者かに刺

されてしまいました」

「寺はまさか、題経寺では？」

「そうです。ご存じでしたか？」

「おかしなことが起きているという話は聞いていた。寺社方にも調べを頼むと、すでに動いているとのことだったのだがな」

「そうでしたか」

「わしが聞いたのは、おみくじで大凶ばかり出るとか、檀家が落ち目になるとか、虫がいなくなったとかいうものだったが」

「虫が？」

凶四郎は不思議そうに訊いた。

「虫の報せだよ」

「はあ」

「だが、まさか殺しまで起きたとはな」

「ちょうど騒ぎに出くわして、入ろうとしたのですが、坊主に町方の介入は無用だと止められてしまいました」

「その題経寺にわしも行ってみよう」

根岸はすでにお膳を平らげている。

「よい、一度寝め。七つ（この時季だと夕方四時ごろ）に行くことにしよう」

根岸はそう言って、私邸から表の奉行所に向かった。

「いえ、大丈夫です」

「そなたはまだ寝ているだろう」

「では、お供します」

「なあに、墓参りを装えばいいだろうが」

「お奉行がですか？」


七つごろ、陽はようやく西に傾いたが、まだまだ暑い。

根岸は、深川の題経寺にやって来た。墓場まで付き添っているのは、凶四郎と源次、それとしめの三人である。椀田豪蔵と宮尾玄四郎もここまでいっしょに来たが、門の外で待機していた。

墓場は本堂などの裏手、千坪弱といったところだろう。

本堂を左に曲がったところの物置小屋のわきで、

「お梅が倒れていたのはここです」

と、源次が指を差した。

「ふうむ。どっちを向いていた？」

根岸が訊いた。

「墓のほうを向いて、うつ伏せでした。暗いし、近づけなかったので、確実ではないですが、刃物は背中のほうから入っていたようです」

「そうか。逃げようとしたか、背を向けるほど、よく知った相手だったか、そこはわからぬな」

「万年町の定八が手伝っているはずですので、訊いておきます」

と、凶四郎が言った。

「頼む」

それから根岸は、墓場全体を丹念に見て回った。

凶四郎たちもついて回るが、なにをそんなにじっくり見ているのか、よくわからないらしく、三人とも途方に暮れたような顔をしている。

一回りして、

「いつから異変が起き始めたのだ？」

根岸は凶四郎に訊いた。

「去年の暮れごろからと聞きました」

「暮れか。では、大凶のおみくじが最初ではないな？」

「ええ。墓石が何基も倒されていたのが始まりだったそうです」

「墓石がな」

と、周囲を見回し、

「どの墓が倒されたかわかるかな?」

「どうでしょう?」

見ると、庭のほうを掃除している寺男がいる。

「しめさん。ちと寺男に訊いてきてくれ」

「わかりました」

しめは寺男のほうに向かった。

「墓石は選んで倒されたのでしょうか?」

凶四郎は不思議そうに訊いた。

「それはわからんがな」

しめはすぐにもどって来て、

「そんなもの、覚えちゃいねえとぬかしてました」

「そうか」

根岸はうなずき、もう一度、墓を見て回った。

今度は先ほどよりは早く回り終えて、

「だいたい、見当はついた」

「えっ」

凶四郎と源次は顔を見合わせた。しめだけは、さもありなんという顔をしている。

「倒された墓がわかったのですか？」

凶四郎は訊いた。

「うむ」

「なにを根拠に？」

「墓を倒すときは、地面を踏みにじるだろうから、草もつぶされ、アリの巣も壊されるだろうよ。虫やアリの姿が少ないところは怪しいのさ」

「半年も前のことですよ」

「テントウムシは墓石の下に集まって冬を越したりするのだ。さらに、そこで卵を産んだりもする」

「そうなので」

「蛹《さなぎ》で冬を越す虫もいっぱいいるぞ」

「はあ」

「アリも冬、じっとしているときに巣をつぶされれば、死んでしまうものも多くなるし、ほかの巣と比べれば、見えてくるものがある」

「………」

「一度荒らされると、いろいろ痕跡は残るのさ。それで倒された墓の見当をつけてみたら、共通することがあった」

「なんと」

「よいか。これと、これ、これ、これ」

根岸は歩きながら、八基の墓を示した。

「これが皆、三年前の冬に建てられた墓だった」

「凄い」

凶四郎が思わず言った。

「つまり、行き当たりばったりの悪戯ではないわけだ。では、なぜ墓を倒したのか？　だいたい想像はつくが、もう少し、いろいろ調べてからだな」

「はあ」

「土久呂。その定八とやらに言って、三年前の冬、ここに葬られた者の身元を調べてもらってくれ」

「わかりました」

「さて、帰るぞ」

根岸は墓場を後にして、門のほうに向かったが、

——ん？

途中、本堂のあたりの人の会話に耳を澄ました。

「和尚さん、芳町《よしちょう》あたりで遊んでないだろうね」

「わしはそんなところには行かぬ」

「そうかい。この寺でろくでもねえことばっかり起きるのは、和尚さんの不徳のなすところかなと噂になってるぜ」

「………」

和尚と檀家の者の話らしい。

どうやら、檀家のあいだでも寺への不満が出ているらしかった。

八

夜になって――。

まだ奉行所のほうにいた根岸のところに、定信の側近である赤松兵庫が訪ねて来た。

「わざわざ恐れ入ります」

根岸は頭を下げた。

「いえ、こちらこそ、いろいろご足労をおかけして申し訳ありませぬ」

赤松もすっかり恐縮の体《てい》である。計数に明るく、松平家の経営はこの人の才のおかげだとは聞いたことがある。

「枕返しのことはすぐに見当がつきました」

と、根岸は早速、本題に入った。

「そうですか」

「子どもでもなければ、寝惚けて枕抱えて反対に寝るなどということはあり得ないでしょう。ただ、寝ているあいだにあの部屋に何人かがそっと入り、蒲団を持ち上げて、反対向きにするというのは、できなくはないですな」

「ええ」

「だが、あの御前は鈍いようで、やけに鋭いところもおありになる」

「じつに」

「まして、柔術の達人でもあられる。何人かの男が寝室に入って来て、蒲団を動かせば、いくらなんでも気づいてしまう」

「そう思いました」

「だが、床下から畳ごと、歌舞伎の回り舞台のような仕掛けを用意しておいて回せば、人の気配はないのだから、寝入ったまま気がつかないでしょう」

「そのとおりです」

「北枕にさせるためでしたな」

「いかにも」

「それで、北枕は別に縁起など悪くないと納得してもらうために」

「そうなのです」

「あの庭の物見台みたいなものが原因ですか」

「まさに」

「向きが気に入らぬとおっしゃった？」

「はい。あれは東屋《あずまや》の凝ったものなのですが、一流の大工たちに一流の材木などを揃えたため、相当な掛かりとなってしまいました。ところが、いざ、出来上がってみたら、これは北向きだ。縁起が悪いと」

「困りましたな」

「それで、南向きとなる場所を見つくろいまして、こっちに建て替えようと」

「そのまま移築することはできなかったのですか？」

「土台の地形がまったく違いまして、屋根から何からすべて造り直すことになるのです。倍の経費となってしまいます」

「そうおっしゃればよいではありませんか」

あまりのわがままを通させるというのは、忠義に反するはずである。

「そうなのですが、御前はあれでも、いちおう掛かりのことは気になさるのです」

「だが、生まれついてのああしたご身分だと、やはりおわかりにならないのでしょうな」

「ええ。周囲の者で相談し、それだったら、北向きは縁起がいいと思わせてしまったほうが、こっちも気が楽だとなったのです」

「よくわかりました。だが、狙いはうまく行ったようですな」

「そうなのです。じつは、今朝、物見台はあのままでよい、北国を向いてくつろぐのも乙なものじゃと」

「はっはっは」

そういうときの定信の顔が見えるようで、根岸は笑った。

「ほんとに、根岸さまのおかげです」

「とんでもない。だが、わたしの推測はまだ御前に話していないのです」

「そうですな。どうなさるので？」

「なあに、ときおり起きるのだと申し上げておきますよ。以前、小田切どのの枕返しの話などを聞かれているので、そういうこともあると思ってもらえるでしょう」

「ああ、わたしも御前から伺いました。奇妙な話ですな。本当になぎなたの向きは替わっていたのでしょうか」

と、赤松は言った。

「いいえ、そんなことが起きるわけありませんよ。じつは、小田切どののご息女に、たいへんやんちゃな姫がおられてな。父母にも猛反対されるのに、なぎなたの稽古に熱中していたのです」

「ほう」

「信玄のなぎなたも、夜中にそっと借り出して、ひとしきり稽古をしたあとで、もどしておいたのです。ところが、その姫は左利きでしてな」

「ははあ、それで」

と、赤松は手を打った。

「ええ。左右、逆にかけてしまうのです。さらに、なぎなたに足を向けて寝ていた若侍を叱っていなくなっていたわけです」

「そういうことですか」

「姫はわたしが謎を解くと、父にはないしょにしてくれと頼まれ、耳袋もあんなふうな書き方になってしまったというわけで」

「はっはっは。そうでしたか」

今度は、赤松兵庫が大笑いしたのだった。

九

それから二日ほどして――。

三奉行のほかに大目付と御目付が出席するいつもの評定所における会議を終え、根岸が外に出て来ると、

「根岸さま」

後ろから声がかかった。

「ん？」

引き締まった身体の小柄な男が近づいて来た。

なんとなく見覚えはある。

「吟味物調役の樺島文十郎《ぶんじゆうろう》です」

と、男は名乗った。

「ああ、脇坂さまのところの」

切れ者と噂の旗本である。

確か三年ほど前、隠れキリシタンを二十人近くあばいて、評判になった。二十人もいちどきにあばいたというのは、相当、手間暇かけて詳しく探ったのだろう。やり手でなくてできることではない。

「一度、ご挨拶をと思っていましたが、なかなか機会がなくて。この数年は京都に行っていて、半年ほど前に、江戸へ帰って来ました」

「そうでしたか」

「深川の題経寺という寺のことで、脇坂さまにお知らせいただいたとか」

「知り合いからいろいろ噂を聞きましたので」

「わたしも聞いてました。それで探りも入れているのですが、じつは数日前、あそこで人殺しがありました」

「……」

根岸は黙ってうなずいた。それも知っているというと、寺社方の管轄に首を突っ込んでいると思われるかもしれない。

「まあ、京都でもつくづく思いましたが、寺、いや神社もいっしょですが、まあ、ひどいところです。人殺しだろうが、かどわかしだろうが、女犯《にょぼん》だろうが、なにが起きても不思議ではありません」

「ほう」

「おかげで、仏の教えだの神の罰だのは、信じられなくなりました」

「それはまた」

「いままでがぬるすぎたのです。だから、やつらはすっかり堕落してしまい、だらしのない本性は剝《む》き出しになっています。だが、脇坂さまは、わたしが待ちに待った気骨のあるお人で、神仏に関わる者にも厳しく接する方針です」

「そうですな」

「神も仏もわしが裁くとまでおっしゃいました」

「……」

脇坂淡路守安董《やすただ》は、松平定信にも気に入られ、寛政三年に二十四歳の若さで寺社奉行に就任している。以来、寺社奉行の任にあり、数年前の谷中延命院《やなかえんめいいん》の一件で、自ら踏み込んでは破戒坊主たちをお縄にし、世間の大喝采を浴びた。

「神も仏も裁く」

というのは、外に向けて発したわけではない。部下を叱咤するうえで出た言葉に思われる。が、なかなかそこまでは言えない。若さゆえの言葉だろう。

だが、僧侶や神官たちは震え上がっているという。

「よくも、これほど邪教や愚劣な神仏がはびこったものだと呆れるほどです。民の弱さや無力さにつけこんだというほか言いようがないでしょう」

「……」

それは根岸も同感であるが、町奉行の職にある自分がそこまで過激なことを言えば、無意味な反感や混乱を招くことになる。

「金儲けの方便ですよ。それに大名まで乗っかって、田舎の神仏を江戸に持って来て、金儲けの道具になさっている。金刀比羅《ことひら》も水天宮も」

「……」

「数年前、芝界隈で疱瘡が流行りました。そのとき、金刀比羅さまにお参りする町人が続出し、神社のほうでも疫病退散の祈りをやったが、まるで退散などしませんでした。それどころか、神官だの巫女だのも疱瘡にかかり、よそから巫女を借りてきたほどでした」

「それは困ったであろう。参拝者も減ったのではないか？」

「なあに、言い訳などいくらでもできますよ。かかったけど、金刀比羅さまのおかげで軽く済んだだの、疱瘡のあとはいいことずくめだの」

「なるほど」

「京都の寺や神社もいっしょです。祇園《ぎおん》祭りは疫病退散を祈る祭りとされてますが、疫病になど効果があった例《ため》しがない。もっとも京都の民も、疫病退散など信じておらず、ただ祭りに乗っかって、飲み食いしたり、男女の逢引きに利用したりしているだけですが」

「……」

「勿体ぶって、わかったようなことをぬかして、そのくせ陰では、莫大な寄進や寄付を懐に入れ、島原などの花街では、大のお得意さまになっているのです」

「そうなのか」

「あんな連中の唱えるお経だの祝詞《のりと》だのに効き目だのご利益なんか、あるわけがないでしょう」

「……」

「わたしも若いときは、祈ったこともありました。いまは祈りません。本当に神仏がいるなら、祈ろうが祈るまいが、助けてくれるはず。だって、そうでしょう。世のなかには、お経を読めない者もいれば、口が利けない者もいる。赤子はなにもわからない。大人になっても、わからない者もいる。寺にも、神社にも足を運べない者もいる。寄進したくても、一文の賽銭すら上げる余裕がない者もいる。それらは皆、救われないのですか」

「……」

「でたらめですよ。まやかしなんです。いったい、どれだけの人間を騙《だま》し、惑わし、金や食糧を吸い上げてきたか。あばいてやりますよ、わたしは。神仏を一網打尽にしてやりますよ」

樺島は泣き出すかと思えるほど、激越な口調だった。

根岸は呆然と見つめるしかできない。

その視線を断ち切るように、

「では」

樺島は根岸に背を向け、足早に立ち去って行った。

第三章　きのこ亀

一

根岸肥前守は、深川の船宿〈ちくりん〉の二階で、窓にもたれ、外の景色を眺めている。そばには芸者の力丸がいて、団扇《うちわ》で根岸に風を送っている。

大川沿いの道は桜の木が多いが、掘割沿いには柳が多く植えられている。ちくりんの前にも、柳の大木があり、ゆったりと風にそよいでいる。さわさわというかすかな音が、耳に心地良い。昼間はうんざりするほど蒸して、ふくらんだような陽にじりじり炙《あぶ》られても、夜になればこうして涼しい風が吹き渡る。海が近く、しかも縦横に掘割が走る深川ならではである。

堀沿いの道を、しばしば提灯片手の人が通り過ぎる。男も女も浴衣を着ている。無粋な二本差しの侍などは滅多に通らない。その向こうの掘割でも、明かりを点した屋形船や猪牙舟《ちょき》が往来する。その明かりは水に映って、ちらちらと明滅をまき散らしていた。

「これが深川のいちばんいい顔だな」

と、根岸は言った。

「いい顔ですか」

「深川の夏の夜というのは、江戸でも指折りの美しい景色だろう」

もちろん根岸は、これが表面の顔だということはわかっている。この裏には、貧困や病、腐敗や悪事にまみれた深川の醜い姿があるのは、日々、痛感している。それでも、この夜の景色が美しいのは事実だし、これがなかったらあまりにやりきれない。

「ほんと、そうですね」

力丸もいったんはうなずいたが、

「それなのにひいさまは、題経寺のもめごとに関わってしまって」

と、同情したように言った。

「題経寺のことだけで済めばよいのだが」

「裏にはお寺さま全体のことが？」

「それはそうだ」

ものごとにはすべて背景がある。ないように見えるのは、見る力がないからなのだ。

「だとすると、その樺島さまという方のおっしゃることも、まんざら当たっていなくもないのですね？」

根岸は力丸に、樺島が語った台詞を伝えていた。多少、柔らかい言い方に変えてはいたけれど。それにしても凄まじい神仏への罵詈雑言《ばりぞうごん》だった。いまも、耳の奥に余韻が残っていると思えるくらい、過激なものだった。

「……………」

根岸は苦笑した。

「そんな人が寺社方に。お坊さんや神主さんも大変ね」

「まあ、面と向かえば、あそこまで苛烈なことは言わぬだろうがな」

「でも、同じようなことを考えている人は、けっこうたくさんいるのでは？」

力丸は悪戯《いたずら》っぽい顔になって言った。

「それはいるさ」

「お座敷でもお坊さんの悪口はすごく盛り上がりますよ」

「そうか」

「お客としても、けっこうお見えになってるし」

「だろうな」

なにせ巷では、「坊主丸儲け」という言い回しが格言みたいになっている。じっさい、彼らの懐は潤沢なのだ。

「ひいさまのお考えも、樺島さまに近い？」

「………」

「言いたくない？　立場がある？」

力丸相手に立場なんか気にするわけがない。寺社の堕落は目に余るが、しかし民が神仏を必要としていることも、まぎれもない事実なのだ。

「確かにひどい坊主や神官もいる。だが、本気で神仏に祈る坊主や神官もいる。武士にもひどい武士がいる。本気で民のために戦おうという武士もいる。そのあいだには、揺れ動くふつうの坊主や神官や武士が山ほどいる」

「ひいさまは？」

力丸は顔を近づけて訊いた。

「わしは、いまは真ん中より少しましというくらいだな。若いときは、ひどいほうに近かったが」

「いまは、もうちょっと上にしてあげてもいいわよ」

「神仏も否定はしない。もっと素直な気持ちを言うと、わしはつねづね、人間はもちろん、鳥獣虫魚にも、山川草木にも心があるのでは、と感じている。しかし、こういう考えは、御仏の教えとは違っている」

「それって、神社の教えなのでは?」

「……」

神社の教えともおそらく違う。根岸は、心や魂に優劣も段階みたいなものもつけたくない。あるがままに、皆、等しいと思っている。

「ひいさまは、幽霊も信じていないみたいだけど、じつは信じてる?」

「……」

たかのことは力丸には言わない。ただ、ときおり現われるたかが、幽霊なのかは、根岸にもわからない。別の世界から来ているだけという気もする。たかがまだ生きている世界が、この亡くなってしまっている世界と重ね合わせのようになっているのではないか。たかは亡くなったときから、それなりに老けてきている。いわゆる幽霊が、亡くなったあとも歳を取るというのは変だと思うのだ。

「しょせん、神仏のことはわかりませんよね」

力丸は晴れやかな顔になって言った。

「まったくだ」

根岸は静かにうなずいた。

風が来た。窓のすだれが揺れ、下の道を行き過ぎる提灯の明かりが、波間の月のように揺れながら流れて行った。

二

そのころ――。

土久呂凶四郎と源次は、深川の岡っ引きの定八と会っていた。

定八の家は万年町の仙台堀沿いにあって、よく船宿と間違えられ、酔っ払いに夜中、戸を叩かれたりするらしい。じっさい、以前は船宿だったときもあったという。

根岸から頼まれたことを伝えると、

「三年前の冬に、題経寺に葬られた者の身元ですか」

定八は眉根に皺を寄せた。

「調べられるか?」

「村にたった一つの寺というのとは違いますので」

「それはそうだ」

「けっこう遠くのほうに檀家があったりもします」

「うむ」

「寺には人別帳だけでなく、いろいろ書付があります。墓の場所や、葬られた人などを記したやつもあるはずです」

「だろうな」

「それを檀家でもないのに見せてもらうとなると、すぐにというわけにはいきません。しかも、いまはとくに」

「なぜ、いまはなんだ？」

「題経寺は寺社方も目をつけていて、お梅殺しの件だけでなく、住職のおこないなども調べているところです。あっしがうろちょろすると、咎められそうな雰囲気でして」

「だが、誰か手伝っている者はいるのだろう？」

「それが寺社方の人たちだけのようです」

「ほう」

殺しの調べとなると、寺社方は町方のように慣れていない。人手も足りない。系列の寺から寺侍を集めたりするのか。それよりは、町内の岡っ引きを手伝わせたほうが、はるかに役に立つ。それを手伝わせないというのは、なにか解せない。

「まあ、墓石の裏にかんたんなことは書いてますから、とりあえずそこから入っていきましょう」

「頼む」

「じつは、あっしもお梅の殺しは調べたいと思っていたんです」

「なぜ?」

「じつは、お梅は刺されたとき、即死したんじゃないんです」

「そうなのか」

「あっしもあのあとで聞いたんですが、通りかかった者がいたんです。その者がお梅を抱き起こすと、口は利けなかったんですが、人差し指をこうやって指し示すようにして、二度、〈の〉の字を書いたというんです」

「のの字を二度?」

「そこで力尽きたらしいんですが、やっぱりなにかを言おうとしたのでしょうか」

「もちろんだ」

いちばん告げたかったこと、当然、自分を刺した相手。名前もわかっていたのだろう。

「じつは、この近くに野々宮《ののみや》という名のご浪人がいまして」

「ほう」

「ちっと物騒な感じの浪人者なんです。酔うと暴れて、刀を抜いたことも、一度や二度じゃありません」

「臭いな」

「それも寺社方のお役人には言いました。わかったと。あとは、こっちでやるので、岡っ引きは関わるなと。冷てえもんですよ」

凶四郎は少し考え、源次を見て、

「あのとき、下手人はまだ、近くにいたかもな」

と、言った。

「そうですね」

源次はうなずいた。

「すると、お梅が指で名前を伝えようとしたこともわかっただろう」

「ええ」

「それで、お梅の家に飛んで行ったんだ」

そこまで凶四郎が言ったとき、

「どういうことです？」

定八が訊いた。

凶四郎は、破られた手帖らしきもののことを定八に話した。

「そうだったので」

「だが、その野々宮という浪人者が下手人だったとすると、なぜ尾張町の裏長屋にまで行って、幽霊の真似ごとを頼まなければならなかったかだ」

「なるほど、妙ですね」

「ま、詳しく調べると、なにか出てくるのかもしれねえ」

凶四郎がそう言ったとき、

「定八親分、捕物が始まってますぜ」

と、下っ引きらしい若者が飛び込んで来た。

三

定八の家から三つ目の路地のところに来ると、人だかりがあった。

「なんてこった」

定八は顔をしかめて言った。

「どうした？」

「あの路地を入ったところが、野々宮って浪人者の住まいです」

「すると……」

取り囲んでいるのは、町方ではない。おなじみの町回り同心もいないし、町方の捕物には欠かせない岡っ引きもいない。短い着物の中間《ちゅうげん》が四人と、武士が三人。提灯には御用の文字ではなく、輪違《わちが》いの家紋が入っている。播州龍野《ばんしゅうたつの》藩、脇坂家の家紋。つまり、寺社方の捕物だった。

よく見ると、中間が一人と武士が一人、腕を抱え、痛みをこらえているふうである。

野々宮は、路地の出口に立っていた。

刀を抜き放っているが、峰を返している。中間と武士は、この返した刀で、腕を叩かれたらしい。

「なにをしておる。次、行け！」

いちばん後ろにいた武士が叱咤した。

「たあ」

「とう」

中間二人が、並ぶように六尺棒で突いて出た。

すると、野々宮は路地を後ろに下がった。

そうなると、中間は並んで攻撃することができない。一人で立ち向かうことになり、先の二人もそのようにしてやられたのだろう。

「土久呂の旦那。あっしらは手伝いますので」

「うむ」

定八と下っ引きは、十手とこん棒で応援に加わった。これでようやく捕物らしくなったように見えた。

「旦那、あっしらは？」

源次が訊いた。

町人地の騒ぎを黙って見るという手はないが、

「もう少し見ていようぜ。突破したところで助けるなら、寺社方から文句も言われねえだろう」

「わかりました」

源次はうなずき、取り出していた十手を帯に入れた。

「わしがなにをしただと？」

と、野々宮が喚《わめ》いた。

「題経寺の墓で女を刺したであろう」

左側に立つ若い武士が言った。

「言いがかりだ」

「女は死ぬ前に、そなたにやられたと告げたのだ」

これには凶四郎も、

――それは違うだろう。

と、思った。お梅は、のの字を二度書いただけで、野々宮と告げたわけではない。

「馬鹿な」

「神妙にしろ」

「なぜ、わしがそんなことをする。仕官が決まった身だぞ」

「嘘を申せ」

「嘘ではない。そこの関宿藩邸《せきやどはんてい》に行って訊いて来るがよい」

「………」

取り囲んだ者たちに動揺が走った。

そこに関宿藩の下屋敷があるのも事実である。

「ほら、訊いてまいれ。話はそのあとだ」

「その必要はない」

と、それまで後ろにいた一団の責任者らしき武士が前に出た。後ろ姿しか見えていないが、背はやや高め、締まった身体つきをしているのはわかる。

「なんだと？」

「どうせ、その話は立ち消えになる。関宿藩も辻斬りまがいの男を雇うわけがない」

「濡れ衣だ」

「ぬかすでない。こうなれば腕ずくだぞ」

武士はスッと刀を抜き放った。周囲の者がいっせいに離れた。雰囲気を察知して、定八と下っ引きも後ろに下がった。

「あの男は遣うぜ」

凶四郎は言った。

野々宮もそれは感じたらしく、峰を返していた刀を元にもどした。

武士は下段に構え、にじり寄った。

野々宮は、八相から、左足を踏み出した。

刀が交錯した。刃同士がぶつかる音はなかったが、
ドスン。

という、肉や骨が断ち切られる重い音がした。

野々宮が真横に倒れた。腹から血が噴き出し、周囲の地面に広がった。

「なんてこった」

凶四郎は呆れたような声を上げた。

あれほどの腕なら、斬らなくても刀を叩き落とすくらいのことはできたはずである。

　定八がやって来て、

「寺社方の捕物でした」

「証拠は見つかったのか？」

「どうも、あっしの話だけで見当をつけたみたいです」

「野々宮という名前だけでか？」

だとしたら、ひどい話である。町方ならそんな杜撰《ずさん》な捕物はしない。たとえしてしまっても、お白洲の吟味で差し戻されてしまうだろう。まして、あんなふうに斬り捨ててしまうとは。

「野々宮を斬ったのは？」

「樺島文十郎さまとおっしゃって、寺社方の偉い人だそうです」

寺社方の男たちは、黙々と遺体の処理を始めていた。

四

次の朝――。

根岸は、帰ったばかりの凶四郎から、お梅殺しの件について報告を受けた。

「いきなり斬り捨てたのか」

根岸も目を瞠った。

「ええ。斬ったのは樺島文十郎という、寺社方のお偉方だそうで」

「樺島が……」

「ご存じなので？」

「旗本だよ。寺社奉行の脇坂さまのところに、吟味物調役《ぎんみものしらべやく》として赴いている男だ」

「そうなので」

「このあいだ、神仏への罵詈雑言を聞かされたばかりだ。たるんだ寺社の僧侶神官たちに煮え湯でも浴びせようという勢いだった」

「腕も立ちます」

「それは知らなかったが」

「充分、生け捕りにできたはずなのですが」

「お梅は、のの字を二度とな」

根岸は同じしぐさをしてみた。それから、

「まさかな」

と、つぶやいた。

「なにか？」

「いや、なんでもない。『耳袋』に書いたことを思い出しただけだ」

「浪人者の野々宮というのは、岡っ引きの定八の推測に過ぎません」

「だろうな」

根岸は少し思案し、

「いまから深川に行ってみよう」

「え？」

「新しくできた友人に訊いてみたいことがある」

「では、わたしも」

凶四郎は慌てて、途中だった飯をかっ込んだ。

「そなたは寝る刻限だ」

「お奉行、今回はなにとぞ」

と、凶四郎は懇願した。

結局、根岸もうなずき、宮尾、椀田、しめもいっしょに、五人で深川に向かうことになった。

朝から日差しがきついので、奉行所の舟を出した。いわゆる猪牙舟より一回りほど大きい。二丁櫓《にちょうろ》になっていて、漕ぎ手も二人いるので、速度もかなり出る。京橋川から八丁堀に入り、大川をさかのぼってから、深川の油堀に乗り入れた。

「丸太橋のところで降ろしてくれ」

丸太とは言っても、それはずいぶん昔のことで、いまはちゃんとした橋が架かっている。

訪ねるのは、住吉屋蝶右衛門の家である。

この前は料亭で会ったが、家は丸太橋のすぐたもとで、

「いつでも虫を見に、お出かけください」

と、言われていた。

橋のたもとに立つと、すぐにわかった。

「そこだ、そこだ」

隠居家にしては、敷地が二百坪ほどある。建坪は小さいので、ほとんどが庭になっている。その庭は、見るからに虫を吸い寄せそうな庭なのである。

道沿いにカブトムシの好きなクヌギやコナラ、セミが好きなケヤキやサクラの木が並び、内側は花の咲く草が繁茂している。普通の庭道楽の者が見ると、あまりの乱雑さに眉をひそめるだろうが、これは虫のためにつくられた庭なのだ。

根岸自身がおとないを入れると、

「これは根岸さま」

住吉屋は、両手を広げて歓待してくれた。

五人は庭を見通せる部屋に案内され、七十くらいの下男が、梅とハチミツでつくったという飲み物を出してくれたが、これがびっくりするほどうまい。しめは勧められるまま、三杯もおかわりしたほどだった。

「残念だが、今日は虫のことよりも訊きたいことがあってな」

根岸が言った。

「もしや題経寺のことで？」

「そうなのだ」

「境内で人殺しがありました」

「それも聞いた」

「昨夜、下手人が成敗されたそうです」

早くも噂は回っているのだ。

「うむ。ただ、わしもいろいろ疑念があってな」

「と、おっしゃいますと？」

「題経寺の異変は昨年の暮れ、墓が倒されたことから始まったそうなのだ」

「ああ、なるほど」

「倒されたらしい墓を調べると、三年前の冬に建てられた墓ばかりだった」

「そうでしたか」

「なにか意味があるのだ。それで訊きたいが、深川のこのあたりの寺は土葬なのか、火葬なのか？」

根岸の問いに、凶四郎が首をかしげるようにした。

「ははあ。墓が狭くなってきている谷中あたりは、火葬が多くなっているそうですが、ここらは墓地にまだゆとりがあります。それでもいまは、半々くらいではないでしょうか」

「なるほどな。それでわかった」

「なにがです？」

「三年前の冬に建てられた墓のうち、火葬だったか、土葬だったかを倒してみて確かめたのだろう」

凶四郎が、思わず膝を叩いた。

「そういうことでしたか。だが、それでなにがわかるのでしょう？」

と、住吉屋は訊いた。

「なんだろうな。しゃれこうべでも見たいのか、あるいは消えている遺体でもあるのか」

根岸はそう言って、こんもりと繁った庭の草むらを見た。

住吉屋が言ったとき、草むらのなかから真っ白い猫が、ひゅうと現われた。

「怖いですね」

「きゃっ」

しめが、似つかわしくない悲鳴を上げた。

「あっはっは。まるで幽霊みたいに出て来ましたな。シロウや、煮干しをやるから、二階にでも行ってなさい」

住吉屋が大きな煮干しをやると、その白猫は入口わきの階段を上って行った。

「猫も飼っているのか？」

「はい。もともと生きものはなんでも好きでして。ただ、猫は虫を追いかけますから、できるだけ腹を空かさせないようにしています」

「はっはっは。わしといっしょじゃ」

「人間も生きものだと思えば、もう少し好きになってもよいのですが」

「まったくだな」

と、根岸はうなずき、

「それはそうと、大凶のおみくじといい、幽霊の騒ぎといい、どうも何者かがわざと題経寺の評判を落とそうとしているようなのだ」

「では、大凶のおみくじも本当に出ているわけではないのですね」

「あんなのはまったく難しいことではない。以前、富くじの突きのまやかしをあばいたことがあったが、ああした細工はさほど難しくはないのだ。手を入れておみくじを引くときは、すべて大凶のくじになっているが、中身を調べるときは、底が回るかして、別のおみくじがごそっと出て来るようになっていただけだろう」

「ははあ」

「大凶がつづけば、それは皆、不気味な思いをし、大凶寺の呼び名も生まれるわな」

「なるほど」

「幽霊もいっしょだ。ただ、幽霊役の女は、なにか理由があって殺されてしまった」

「そうなので」

「おそらく、題経寺はつぶれるな」

と、根岸は言った。

「はい。近ごろ、住職はほとんど外に出ず、代わりのお坊さんが檀家回りをしているそうです。ただ、こちらも評判はよくありません」

「それは、背の高い坊主ですか？」

凶四郎が訊いた。

「そうです。良淳さんとおっしゃるそうです。この方は、見たこともないくらいお背が高くて、話すと京の訛《なま》りがあるそうです」

「ほう。京訛りがな」

「お経ももぐもぐと唱えて、はっきり聞こえないのだとか」

「なるほどな。まあ、題経寺の件は、もう少しようすを見させてくれ」

根岸がそう言うと、裏に控えていたらしい下男が、皆に別の飲み物を出した。これは、熱い番茶に、ハチミツの甘味を加えたもので、これもうまいものだった。

「じつは、お忙しい根岸さまには恐縮なのですが」

住吉屋が迷った末にというように言った。

「かまわぬ。どういたした?」

「この隣の家なのですが、庭に虫の幼虫を干している男がいまして」

「幼虫を?」

「はい。カブトムシとセミのものですが、それをたくさん日干しにしていまして」

「食うのかな?」

根岸は冗談ではなく言った。

「いや、セミのほうはうまいですが、カブトムシのほうはちょっと。食えなくはないでしょうが、あれを喜んで食べる者がそうそういるはずはありませんよ」

「ここから見えるのか?」

「はい、ご覧になりますか?」

「うむ」

と、根岸と蝶右衛門は庭に出た。ほかの四人は顔を見合わせ、自分たちはいいかと、ゆったり茶をすすっている。

蝶右衛門は西のほうを指差し、

「あれです」

「なるほど。確かに日干しにしてるな」

台の上に一匹ずつ離して並べてある。

「隣人とは話したのか？」

「わたしは直接には話していませんが、飯炊きの婆さんによると、雨傘屋といって、商売をしているそうです」

「雨傘屋？」

「といって、雨傘をつくって売っているわけでもないみたいです。そのわりに、独り者でこんな一軒家に住んで、着るものを見ても、なかなか洒落たものを着ています。地道な商売をしているようには見えません」

「なるほど」

蝶右衛門は堅い商売をしてきたので、こうした人間には警戒心を抱いてしまうのだろう。

「それに、せっかく生まれ出た命ですから、カブトムシもセミも、空を飛び回るところまで、命を全うさせてやりたい気がします」

「そうだな」

そこへ、家のなかから当の住人が出てきた。

「あいつか」

「はい」

こっちは草陰になるので、向こうは気がつかないらしい。干した幼虫を一匹ずつまんだりして、乾き具合を確かめている。

なるほど商人らしくはない。まだ若い。二十七、八といったところか。小柄で、丸い愛嬌のある顔をしている。機嫌でもいいのか、

「ちゃらりん、ちゃらりん」

と、三味線の口真似みたいな唄もうたった。

根岸はしばし考え、

「しめさん。ちと、調べてくれぬか?」

と、すっかりくつろいでいるしめに声をかけた。

「はい」

「去年、麻布界隈できのこ亀というものを売る者がいた」

「きのこ亀? きのこを食う亀ですか?」

「きのこは食うかもしれぬが、名前の由来は違う」

「きのこに似ているんですね?」

「そうではない。どうも、甲羅にきのこが生えているらしい」

「げっ。それって、化け物ですか?」

しめは肩をすくめた。

根岸は笑って、

「化け物ではあるまい。売っていたというのだから」

「買う人、いたんですかね」

「かなりの値だったらしいぞ。わしは、そのときも気になったのだが、忙しくてそのままになってしまった」

「同じ男なので？」

と、わきから住吉屋が訊いた。

「いや、わからぬ。わかったら、知らせることにしよう」

根岸はそう言って、蝶右衛門に暇《いとま》を告げた。

五

根岸はその足で題経寺に向かうことにした。

しめは、もういない。さっそく麻布に向かったのだ。

題経寺の門前まで来て、

「わしと土久呂だけでよい」

と、根岸は宮尾と椀田に言った。

「どうなさるので？」

宮尾が訊いた。

「うむ。ちと、住職の顔を拝んでおこうと思ってな」

「よろしいので？」

町奉行が来たなどと寺社方に伝わると、あとでまずいことになるのではないか。

「なあに、名乗ったりはせぬ。亡き友の墓参りでも装って、雑談をするくらいだ。顔を見ながら雑談などすれば、だいたいの人柄はわかるのでな」

「はあ」

「だから、大勢連れているのは不自然だろうよ」

「だが、御前」

と、宮尾がなにか言いたげにした。

「どうかしたのか？」

凶四郎が宮尾に訊いた。

「近ごろ、御前の跡をつける者がいるのだ。昨日も奉行所の前に怪しげな男がいて、声をかけようと近づいたら、逃げてしまった」

「そうなので？」

「なあに、そんなことは珍しくもなんともないわ」

と、根岸は平然と言った。

根岸の動向を気にする者は、江戸に大勢いる。あわよくば命を狙おうという連中だって、間違いなくいるのだ。しかも厄介なことに、それは町人たちとは限らない。武士にも敵は少なくない。

「御前、いけませせぬ。われわれも、離れてはいますが、なかに入ります。もちろん、墓参りを装って」

と、宮尾は言った。

宮尾は手裏剣の名手である。十間（約一八・二メートル）くらい離れても、根岸の身を守ることは充分に可能なのだ。

「そうか」

と、根岸は意固地《いこじ》にはならない。

話がまとまり、凶四郎が門をくぐろうとしたとき、ちょうどなかから出て来たのは、万年町の定八だった。

定八は根岸の顔を見て、

「これは、お奉行さま」

と、平身低頭した。岡っ引きをしていれば、捕物のときやお白洲で、根岸の顔を見たことがある。

「お奉行。この者が、定八です」

と、凶四郎が名を告げた。

「おう、土久呂から聞いていた。ご苦労だな」

「畏れ入ります」

「墓の調べだろう？」

と、凶四郎が訊いた。

「そうなんですが、どうも妙なことになってまして、寺男に訊いたところでは、墓地について記した帳面の一部が消えているらしいんです」

「なんだ、それは？」

「それも三年前の冬のところが」

「お奉行……」

と、凶四郎は根岸を見た。

「うむ。すでに手が回ったらしいな」

「そればかりか、ここの住職は昨日のうちに、辞めさせられてしまったようなんです」

と、定八は言った。

「昨日のうちにか？」

「ええ。それで、今日からすでに新しい住職が務めています」

「まさか、あれか？」

凶四郎が訊いた。

「ええ。あの背の高い良淳とおっしゃる方です」

定八はそう言い、後ろを振り向いて、

「あ、あそこにおられます」

本堂のほうを見た。

数人に囲まれて話している、やけに背の高い僧侶がいる。どうやら有力な檀家の者が、さっそく挨拶にでも来たらしい。

「なるほど。あの背の高さは目立つだろうな」

と、根岸は凶四郎に言った。

「ええ」

「僧侶の質素な食事で、あそこまで大きくなれるかな」

「え？」

「小坊主はやっておらぬかも」

「なるほど」

「土久呂。殺されたお梅の周辺に、あのような背の高い男を見かけた者はおらぬか、訊いておいてくれぬか」

「わかりました」

凶四郎はうなずいた。今日は久しぶりに一睡もせず、夜を迎えることになりそうである。が、夜回りを始めるまでは、そんなことはしょっちゅうだったのだ。

良淳との挨拶を終えた檀家の者らしき男がこっちにやって来ると、

「ご住職が代わられたそうじゃな」

と、根岸は気さくに声をかけた。

「そうなのです。急な話で、あたしも驚きました」

「新しいご住職はどちらから来られたのかな？」

「京の有名なお寺におられた方だそうですよ」

「前の住職はどちらに？」

「なんでも、すでに本山にもどられたそうです」

「本山は？」

「やはり、京都にあるのでしょう」

「京都か……」

京都に行ってしまったのでは、もはやどうしようもない。

檀家の者を見送って、

「お奉行。どうなさいます？」

と、凶四郎は訊いた。

「うむ。代わったばかりでは、まだ緊張していて、雑談になど応じまいな。今日は止めておこう」

根岸がそう言ったとき、黒い大きな虫がお墓のほうから飛んで来て、門から出たところでぱたりと地面に落ちた。

カブトムシだった。

しかも、仰向けにひっくり返ったまま、かすかに手足を震わせている。

「カブトムシも、この寺の毒気に当てられたようだな」

根岸はそう言ったが、笑う者はおらず、皆、うなずくばかりだった。

六

しめは、麻布にやって来た。

麻布に来たのは、ずいぶん久しぶりである。山が多いから涼しいのではないかと期待したが、意外にそうでもない。かえって風がなく、蒸し暑い気がする。

まずは、一ノ橋に近い麻布坂下町の番屋に顔を出した。

「ちっと訊きたいんだが、麻布できのこ亀というのを売ってる男がいたらしいんだよ。あんた、知ってるかい？」

　白髪頭の番太郎が、

「きのこ亀？　なんだ、そりゃ？」

　と、意地悪そうな顔でしめを見た。

「甲羅にきのこが生えてるらしいんだよ」

「気味悪いな。誰が買うんだよ、そんなもの？」

「誰が買うかはわからないよ」

「へっ。それで、あんたは？」

　番太郎は、偉そうに訊いた。

「あたしは神田周辺の御用を引き受けている清香《きよか》っていうもんだけどね」

　と、十手を見せた。清香の名には、十手を預かったときに改名しておいたのだが、誰も覚えてくれない。しめという名が頭から離れないらしい。それで、しめの名を知らないところで、清香を名乗ることにしている。

「婆さん、ふざけるなよ」

　番太郎はせせら笑いながら言った。

「ふざけてなんかいないよ」

「偽物だろ？」

「ほら」

　と、十手を預けた。

「軽いぜ」

「軽くしたんだよ。十手の重さに決まりはないから」

「あんた、十手の偽造なんかしてると、首が飛ぶ」

「疑うんだったら、定町回りの同心さまが来たら訊いてみなよ。山田さまにでも、大町さまにでも」

　顔見知りの同心の名を出した。

「……」

「なんなら、お奉行さまに訊いてくれてもいいんだよ。根岸肥前守さまに」

　根岸の名を出すに至って、

「ああ、そう。わかったよ」

　と、顔に怯えが走った。

「それで、きのこ亀は？」

「いや、知らないなあ。聞いたことないね」

　だったら早く言えと言いたい。

　次にまっすぐ進んで、麻布宮村町《みやむらちょう》の番屋で訊くと、ここでも同じようなやりとりになり、結局、何も知らないのだった。

そこから暗闇坂を上って、麻布一本松町《いっぽんまつちょう》の番屋。また、ここでも同じ。

女の岡っ引きなど、ニセモノに決まっていると思うらしい。

しめは早くもうんざりしてきた。

じつは、ここに来るまでは、麻布を縄張りにしてもいいかなと思っていたのである。神田界隈では、どうしたって辰五郎《たつごろう》の手伝いくらいにしか思われない。しめは、岡っ引きとしてちゃんと睨みを利かせたいのだ。その点、麻布なら辰五郎を知る者は少ない。

――でも、これじゃあね。

やはり麻布は神田と比べると田舎なのである。住んでいる人間も、田舎者の頑迷さで、女岡っ引きという新しい存在を認めようとしないのだ。

じっさい、新堀《しんぼり》川の向こうは、豊島郡だったり、荏原郡だったりする。つまり、江戸ではない。

――駄目だね、麻布は。

しめは愚痴りながら、伊達家の広大な下屋敷の裏手に当たる麻布本村町《ほんむらちょう》にやって来た。

ここの番屋で訊くと、番太郎は知らなかったが、詰めていた町役人が、

「ああ、増田屋《ますだ》の旦那が、去年そんな話をしてたな」

と、言った。

「どんな話？」

「だから、きのこ亀ってのを買ったんだと」

「増田屋ってのは？」

「善福寺《ぜんぷくじ》門前元町《もんぜんもとまち》にある材木屋だよ」

善福寺というのは、麻布七不思議のひとつが境内にあったりする名刹《めいさつ》である。

そのわきの長い坂を下って、門前元町にやって来た。

木の香りに包まれた増田屋の店先で訊くと、

「そりゃ、おやじの話だよ。去年、亡くなってしまったんでねえ。そういえば、長《は》谷川《せがわ》屋のやはり亡くなった旦那も買ったとか言ってたな」

聞けば長谷川屋は、善福寺門前西町にある仏具屋という。

同じ善福寺の門前町でも、こっちは坂の上である。

さっき下りたばかりの道を、今度は息を切らして上った。

足の達者なしめでも、坂の多さにはうんざりしてきた。隣町みたいなところに行くのにも、山を越えなければならない。

「ああ、買ってたね。おやじから聞いた話だけどね」

と、長谷川屋のいまのあるじが言った。

「どこで？」

「店を出してたわけじゃないみたいだよ。医者の梅庵《ばいあん》先生のところを出たところで声をかけられたそうだよ」

「医者の？」

「御薬園坂《おやくえんざか》を下った麻布本村町だよ。でも、医者が売ってたわけじゃないよ」

「はあ」

まさか医者はわかるまい。が、ほかに手がかりはないのだ。

また、坂を下った。麻布には二度と来たくない。

だが、医者の梅庵先生は、五十がらみの苦みばしったなかなかいい男であるうえに、

「あんた、どこも悪そうには見えないがね？」

と言った声も、下腹に響くような低音で、しめは麻布に対する評価を、二段階ほど上げた。

「いえ、病の相談じゃないんです。じつは、きのこ亀について探っているんですよ。あたしゃこう見えても、根岸肥前守さまに可愛がられている、江戸でただ一人の女岡っ引きでしてね」

と、十手をちらつかせた。

「きのこ亀のことで？」

梅庵は一瞬、怯えたような顔をした。これは、知らない者の顔ではない。

「おわかりですか？」

「知ってるよ。だが、わしがつくったわけじゃないぞ」

「誰がつくったんです？」

「以前、この隣の家に住んでいた若いやつが育てていたのさ」

「雨傘屋？」

「そうそう。もともと雨傘の職人でな。だが、雨傘なんかいくらつくっても、手間賃にしかならねえと、やめちまったのさ」

「それできのこ亀を？」

「そう。妙なことを考えたもんだよ。だが、奉行所が調べるほど悪いことだとは思わなかったよ」

「いや、別に罪にしようと思って探っているわけじゃないんです」

「あ、そうなの？」

「雨傘屋ってのは、そんなに悪党みたいだったんですか？」

「いやあ、いわゆる真面目な男ではないかもしれんが、悪党じゃないな」

「ほんとに甲羅にきのこが生えてたんですか?」

「疑うよな」

「ええ」

「見てみなよ」

梅庵はニヤリとした。

「いるんですか?」

「そこに」

と、梅庵は中庭にある池を指差した。大きめのたらいほどの、池である。

「ここに?」

と、しめは下駄を借りて、池をのぞき込むと、

「げげっ」

と、下品な驚きの声を上げた。

七

「それか、きのこ亀は……」

さすがの根岸も目を瞠った。

しめが、ザルに入れて、きのこ亀を持ってきたのである。

こぶりの亀の甲羅に、シイタケに似たきのこが五、六本、見事に生えている。黒々として、傘のところはシイタケより小さいが、軸に当たるところはけっこう太い。長さはいちばん大きいので三寸（約九センチ）くらい。

「変わった盆栽みたいだな。動く盆栽として売ったのかな？」

根岸は目を近づけて見た。

いくらきのこのことはいえ、ここまで育つには養分が必要である。亀の甲羅には、土を載せたり、苔を生やしたりもしているが、これだけで足りるのか。おそらく、かなりの世話が必要なはずである。

「凄いでしょう」

しめは自慢げに言った。

「いっぱいいたのか？」

「いや、これ一匹だけです。けっこう世話が大変みたいで、やたらとはつくれないみたいです」

「やはりな」

「そのお医者に来る患者たちは皆、気味が悪いと言っているそうで、根岸さまの名前を出したら、持ってってくれと。『耳袋』のネタになるかもしれないって」

「ほう」

どうやら、写本を愛読してくれたらしい。『耳袋』は出版を許可していないのだが、写本がずいぶんつくられ、医者などにも愛読者が多いとは聞いていた。

「雨傘屋は、もともとほんとに親代々の雨傘の職人だったみたいです。でも、親は早くに亡くなって、手間賃稼ぎは嫌だとやめてしまい、頭を使って商売することにしたんだそうです」

「頭を使ってな」

確かにこのきのこ亀は、頭を使わないとつくれないだろう。

「ほかにもいろいろ試したりして、上方に勉強しに行ったりもしたらしいんですが、去年あたりに、このきのこ亀を育てたんだそうです」

「育てて売るのか？」

「それが、ただ売るんじゃないんです。まずはお医者の梅庵先生の家を見張り、元気なく出て行く金持ちそうな男に話しかけるんだそうです。これを後生《ごしょう》亀として川に放してやると、亀の命を授かることになるよと」

「亀の命？」

「万年ですよね」

「なるほど」

後生亀は、江戸でおなじみの珍商売である。ときおり橋の上でも売っている男がいるが、さほど繁盛しているふうには見えず、むしろ物乞いに近い。

「病に絶望してた人たちですから、藁をもつかむ心境だったんでしょう。十両もするこの亀をポンと買って、新堀川に放してやりました」

「十両とは高いのう」

「しかも、売りつけた二人とも、亡くなってました」

「重病人の足元を見たわけだ」

根岸の顔が険しくなった。

「でも、お医者が言うには、そのあと二人とも希望を持ったらしく、少し明るくなったと。だから、まるっきりの詐欺ではないと、かばうようなことも言ってました」

「なるほどな。神信心《かみしんじん》と変わらぬか」

「育てるのはたいへんみたいですが、そもそもいっぱい育てる気はなかったみたいです。いいものを少しだけつくって、高く売るんだと豪語してたみたいです」

「いいものか、これが」

と、根岸は笑った。

「医者は、雨傘屋は真面目ではないが、悪党でもないと」

「そうだろうな。それで、雨傘屋はまた新しい商売を思いついたのさ」

「カブトムシとセミでですか？」

「ああ。あいつはなかなかの知恵者だぞ」

と、根岸は感心したように言った。


翌日――。

根岸は、このきのこ亀を持って、住吉屋蝶右衛門のところへ向かった。今日は、凶四郎はおらず、宮尾に椀田、そしてしめの三人だけである。

調べというよりは、道楽談義に行くような気分で、根岸の顔も楽しげである。

「住吉屋、解けたぞ」

家を訪ねると、さっそくそう言った。

「あの、カブトムシとセミの幼虫の干物の？」

「そう。まずは、これを見てくれ」

と、ザルに入れてきたきのこ亀を見せた。

「これは面白いですなあ」

「面白いよな。隣の雨傘屋は去年、これをつくって商売にし、これから別の商売を思いついた。あやつは、冬虫夏草《とうちゆうかそう》をつくろうとしているのさ」

「あっ」

住吉屋は小さく叫び、手を打って、

「なあるほど」

と、大きくうなずいた。

「冬虫夏草ってなんです？」

と、しめがわきから訊いた。

「地面のなかで育つ虫の幼虫に、きのこがくっついて大きくなったやつだよ」

「そんなのあるんですか？」

しめだけでなく、宮尾や椀田も不思議そうな顔をした。

「あるんです」

と、住吉屋もうなずき、絵まで描いて説明した。虫の幼虫の頭から、長いきのこが生えて、地面の上まで延びているという絵である。

「こんなもので、もともと冬は虫の姿で、夏に草になるのだと思われ、冬虫夏草という名前がついたそうです。わが国ではあまり見かけず、清国《しんこく》から漢方薬として入って来ます。ただ、この虫にくっついたかたちではなく、上のつくしみたいなきのこだけで入って来ているようですが」

「そんな薬、なんに効くんです？」

しめが訊くと、

「いろいろ言われていますな。子どもの夜泣きから、悪い腫物にまで効くと」

「高いんでしょうね」

「そりゃあ高いです。あたしは買ったことはないですが、朝鮮人参よりも高いでしような」

「はあ」

朝鮮人参も知らないから、しめには想像することもできない。

「それを雨傘屋は、きのこ亀と同じようにつくろうとしているのさ。うまくきのこを生やす技を身につけたので、その応用だろうな」

と、根岸は言った。

「考えましたな」

住吉屋は感心したように言った。

「あの干した幼虫に、きのこの胞子をかけて、湿っぽいところに置いておくと、それらしいものができるかもしれぬぞ。あるいは、別々につくって、あいだをくっつけるような手口も考えているかもな。寒天あたりを使うと、うまくできそうな気はしないか」

「できそうですね」

根岸は、いかにも悪巧みを思いついたような顔になっている。この人は、悪党だったら、天下を盗むような大悪党になったのではないかと、しめは胸のうちで思った。

「だが、しょせんは偽物だ。本物の薬効は望むべくもない」

根岸がそう言ったとき、隣の庭に雨傘屋が出て来た。

根岸は庭に下りて行き、

「おい、雨傘屋」

と、声をかけた。

「はあ」

「わしは、南町奉行の根岸肥前守と申す者だがな」

「げっ。大耳の赤鬼の根岸さま？」

雨傘屋は驚いて言った。

「ほう。その綽名を知っているということは、そなたもただの目端の利く商売人ではなさそうだな」

「滅相もない」

「どこで聞いた？」

「いえ、五、六年ほど前の若いころ、ちっとバクチに嵌まりかけて、賭場で聞きました。今度、赤鬼が南町奉行になったとか、あのお方は大耳だとか」

「そなた、いくつだ？」

「二十七になりました」

「まだ、充分に若いだろうが」

と、笑い、

「どうだ、冬虫夏草はうまくつくれそうか？」

「あ……」

なんでわかったのだという顔をした。

「きのこを生やすんだろう。きのこ亀のときのように」

「ご存じでしたか」

「ほら。きのこ亀も入手したぞ」

と、ザルのなかから取り出して見せた。

「これは、面白い。わしも正直、感心した」

「畏れ入ります」

「どれくらい儲けた？」

「それがなかなかうまくいかないんです。四匹できて、一匹十両で三匹売れました。たぶんそれは、梅庵先生に預かってもらったものですね？」

「そうだ」

「苦労したんですよ、それは」

雨傘屋は、どこか自慢げである。

「だが、冬虫夏草はまずいな」

「そうなので？」

「薬にするのだろう？」

「ええ」

「偽物の薬をつくったりすることは、罪が重いぞ」

根岸は厳しい口調で言った。じっさい、そうなのだ。でたらめの薬は人命に関わるため、厳罰に処すことになっている。

「重い罪といいますと？」

「まず、これだ」

と、首のところで手刀を切るようにした。

「ひぇっ」

「だから、やめておけ」

「わかりました」

「そなた、それほど楽して儲けたいか？」

「いえ、あっしも最初はそう思ったんですが、ほんとは儲けたいんじゃなくて、面白いことをしたいだけなんだと思います。銭なんか別に飯さえ食えていければ、どうだっていいんですよ」

「そうだよな」

と、根岸はうなずき、

「雨傘屋。今度、遊びに来い」

「え?」

「奉行所は来にくいだろうから、裏手がわしの私邸になっている。詳しくはそのしめさんに訊いてくれ」

「わかりました」

雨傘屋は笑顔でうなずいた。よく見れば、善良そうで、賢そうな若者なのである。

どうやら、根岸一家に新たな一員が加わりそうだった。

八

それから数日後――。

評定所の会議が終わったあと、

「根岸どの」

と、脇坂淡路守が声をかけてきた。

根岸のほうがはるかに年上だが、脇坂は大名である。寺社奉行、町奉行、勘定奉行は世に三奉行と称されるが、寺社奉行は格上である。それゆえに、管轄の違いも厳密になってしまう。

「これは脇坂さま。お疲れのようで」

と、根岸は脇坂を気遣った。寝不足らしく、目が腫れている。会議のときも珍しく口数が少なかった。

「そうなのです。まあ、寺社というのは全国にまたがるばかりか、なにせ僧侶神官というのは、この世ではないところと二股かけているところがありましてな」

「なるほど」

「疲れます」

寺社奉行は、だいたい四人ほどいる。が、若い脇坂に負担がかかるのは致し方ないのだろう。

「神仏相手は疲れますよ」

根岸は同情した。

「底なし沼ですな。しかも、毎日、神仏と向き合っていると、いったい神仏とはなんなのかと考えてしまい、わからなくなってくる。だが、しょせん人間に、神仏のことなどわからない」

「同感です。ただ、お言葉ですが、それは町方も同じです」

と、根岸は言った。

「そうなのか？」

「毎日、悪と向き合いつづけていると、いったい悪とはなんなのか、善とはなんなのかがわからなくなるときがあります。しかも、おのれの心にも悪が巣食っていることまで自覚してしまいます」

「ははあ」

「ですが、じっさいに起きる悪事のほとんどは、その奥深いところまではからない、きわめて人間臭い話なのでは？」

「それは確かにそうですな」

「まあ、焦らずにやりましょう。脇坂さまの働きは、皆、感心していますよ」

と、根岸は慰めた。

「そういえば、根岸どのから言われていた深川の……」

「題経寺ですか」

「そう、その題経寺の境内で殺しがあり、下手人は捕まえたが、住職はこれまでの騒ぎの責任を取らせるので辞めさせました。そういう報告が来ています」

「はい。ただ、真の下手人だったかは、微妙でして」

根岸は声を落として言った。

「そうなのか」

脇坂は驚いたように根岸を見た。

「じつは、その件が気になっておりまして」

根岸が遠慮がちに言うと、脇坂はうなずき、

「であれば、根岸どの、探ってもらってかまいませぬぞ」

「よろしいので？」

「坊主が坊主を殺したとかいうなら話は別だが、たまたま町人が寺の境内で殺されただけでしょう。くだらぬ縄張り争いなど無用です」

「脇坂さまにそう言っていただければ」

「それに題経寺はもともと霊巌寺《れいがんじ》の末寺《まつじ》だったところ。白河さまに知られたら、ご気分を悪くするだろうから」

「霊巌寺の……！」

深川の霊巌寺は、松平定信の菩提寺である。そこの茶室には、根岸もたびたび訪れている。

根岸はふと、自分の袖を見ると、いつからいたのか、そこに幸運の印であるテントウムシがとまっているのに気づいた。

――これも虫の報せか。

根岸はそっと微笑《ほほえ》んだ。

第四章　托鉢する秘仏

一

根岸は昼までに三件の裁きを終えると、霊巌寺を訪ねることにした。供は宮尾玄四郎、椀田豪蔵、しめの三人で、奉行所の舟に乗って仙台堀の海辺橋《うみべばし》のたもとで降りた。今日は雲行きが悪く、雨に降られるかと心配したが、着いたときには晴れ間が見えてきた。そのかわりまた、暑さがひどくなっている。霊巌寺の門前は、セミの鳴き声が耳鳴りになっていつまでも残りそうなくらいのやかましさだった。

「これは根岸さま」

住職はかねてからの知り合いである。というより、書画骨董への造詣《ぞうけい》が深いので、松平定信の相談役にもなっている。

「ちと、お訊きしたいことがござって」

「なんでしょうか？」

「深川寺町のほうにある題経寺はこちらの末寺《まつじ》だったそうですな」

「ああ、だいぶ前のことですな。いまも、いくらか縁はありますが」

「ということは、住職はこちらから？」

霊巌寺は大きな寺で、檀林《だんりん》という僧侶の養成場を持っている。したがって、塔《たっ》頭《ちゅう》や末寺などは、霊巌寺から住職が行っていてもおかしくない。

「浄然《じょうねん》さんのことですかな。ただ、事情がありましてな」

「お辞めになったそうですね」

「寺社方のほうからお叱りがあったとのことで」

「では、こちらにもどられたので？」

いれば、詳しく事情を訊きたい。

「もどることになっております。が、いろいろ忸怩《じくじ》たるものがあったのでしょう。京都の総本山で修行をして来たいと申されてな」

「発《た》ってしまわれた？」

「ええ。一昨日でしたか」

「そうでしたか」

京都に行ったというのは嘘ではなかったらしい。

それにしても残念だった。浄然がいれば、ずいぶん詳しい話が聞けたはずである。

「なにか？」

「浄然さんは、題経寺で起きたことについて、なにかおっしゃってなかったですか？」

「いろいろ面倒なことがあったとは申していましたが。詳しくは話しませんでした。どうも、ご自分でも解《げ》せないことのようでしたな」

「そうですか。それで、そのあと良淳というお人が住職になられましたな」

と、根岸は言った。

「そうです」

「その人もこちらから？」

「いえ。京都の総本山におられたとのことですな」

「それはまことのことで？」

「まことのこと？」

住職は不思議そうな顔をした。

「何か、正式な書類のようなものが来ていたりは？」

「それはどうでしょう？　ただ、あの方は、寺社方から推挙されただけで、いわば仮の住職でしてな」

「どういうことです？」

「いろいろ揉めごとが解決したら、当寺から正式な住職を迎えたいと。そのあいだの仮の住職ということでした」

「そうでしたか」

ということは、寺を乗っ取ろうとかいう意図ではないらしい。

では、なにが狙いなのか。

根岸は、茶を勧められたが、「次があるので」と、断わって寺を出た。


次に根岸は、題経寺を訪ねた。

門をくぐり、本堂に向かって進むと、ちょうど良淳が墓のほうから表へもどって来たところで、

「ご住職」

声をかけると、良淳はこちらを振り向き、ぎょっとした顔をした。

「なんです？　町方の人たちのようだが？」

椀田豪蔵は、おなじみの町回り同心の姿をしている。また、しめが腰に差した十手にも気づいたかもしれない。

「わしは、南町奉行の根岸肥前守。ちと、お話を」

と言って、根岸は本堂の下で草履を脱いだ。

「根岸さま……。では、奥へ」

本堂わきの小さな部屋に通された。宮尾たちは、部屋には入らず、廊下や外で待つように命じた。

座って向かい合うと、良淳はさほど大きくは見えなかった。痩せていて、猫背になっているからか、あるいは根岸の腰から上が長過ぎるのか。

「根岸さま？　町方がなんの御用でしょうか」

良淳は不快感を隠さずに訊いた。

「この寺で殺されたお梅というのは、じつはほかのことにも関わっていましてな」

むろん、丸亀藩がからんでいた件だが、そっちはすでに解決している。が、根岸はそれを口実にした。

「そうなので？」

「あの女は、幽霊に化けることで暮らしを立てておりました」

「ほう」

「それゆえに殺されたとなれば、こちらの件についてどうしてもいろいろ調べたいことがござってな」

「しかし、ここは寺領ですぞ」

「それで脇坂さまとお話ししましてな」

根岸は平然と言った。

「脇坂さまと」

「くだらぬ縄張り争いなどは無用とまでおっしゃっていただきましてな」

「そうなので……」

「しばらくのあいだ、わたしの手の者が出入りさせていただくのでご容赦いただきたい」

「……………」

「ご住職は京都から来られたそうですな」

「ええ」

「どちらの寺に？」

「浄土宗総本山の知恩院《ちおんいん》におりましたが」

「ああ、嵯峨野《さがの》の？」

「ご冗談を。知恩院は東山の麓、祇園の東側にあります」

「そうでしたか。京都の夏は暑いとうかがってますが、さぞいまごろは……」

「根岸さま」

「ん？」

「大変申し訳ないのですが、いまから檀家のほうに行くところだったのですが」

早く帰れと言いたいらしい。

「さようか。では、町方の出入りの件はくれぐれもよろしくお願いしましたぞ」

と、根岸が寺を出ようとすると、可愛い小坊主が二人、こちらをじっと眺めている。二人とも十歳をいくつか出たくらいか。片方は痩せているが、もう片方はみっしり肉をつけている。

――ん？

根岸は目を見開くようにして、どうしたのだと、訊くような顔をした。

なにか話でもありそうなようすなのである。

すると、いままで控えていた宮尾玄四郎が、

「さきほどあの二人にお奉行のことを訊かれました」

と、根岸に言った。

「わしのことを？」

「名を訊かれ、根岸肥前守さまだと答えますと、目を輝かせまして、あの『耳袋』の根岸さまですかと」

「なるほど」

「たいへん感激しておりました。もう何十回となく読み返しているそうです」

「それは嬉しいな。ふふふ」

根岸は思わず微笑んだ。

ああした小坊主なら、追従《ついしょう》ではなく、ほんとに面白がって読んでくれているのだろう。書き手冥利《みょうり》だし、くすぐったい気分でもあった。

二

この日の五つ（夜八時）ごろ——。

小名木川《おなぎがわ》に架かる高橋《たかばし》のたもとに、一人の僧侶が立った。

托鉢《たくはつ》らしい。

だが、いまどき、ここに出るのはめずらしい。ここは昼間こそ大工や職人の行き来で人通りがあるが、夜になると人けはぱたりと絶える。小名木川も、一つ北の竪《たて》川《かわ》や、一つ南の仙台堀と違って、吉原だの深川だのに遊びに行く猪牙舟《ちょきぶね》は通らない。

川面は暗く沈み、ひたひたと岸を打つ水音が聞こえるだけである。

「ご苦労さまですな」

と、通りかかった老婆が僧侶に手を合わせ、鉢に五文ほど入れた。

僧侶はかくりと首を曲げて礼をし、なにやらぶつぶつとお経を唱えた。

それから、僧侶はゆっくり歩き出した。

身体が大きく左右に揺れるような、たどたどしい妙な歩き方である。酔っ払いにも似ているが、もちろんそんなはずはない。

僧侶は、板塀に囲まれた細い路地に入った。

老婆はそれを見て、

「あの、お坊さん、そっちには行けませんよ」

と、声をかけるが止まらない。

どんどん奥へ入って行く。

暗くてわからないが、この道は行き止まりになっている。どうせ、もどって来るだろうと、老婆は思った。

だが、出て来ない。闇の奥は静まり返っている。

あまりいつまでも出て来ないので、老婆は路地の奥に入って行った。

ところが、僧侶はいないのである。忽然と消えていたのである。

「ひっ」

老婆の喉から恐怖の悲鳴が洩れた。

それからほどなくして――。

やはり小名木川沿いで、万年橋に近いあたりに五徳稲荷《ごとくいなり》というちょっとした境内を持つ神社があるが、その前に托鉢の僧侶がいた。

神社の前で托鉢というのはあまりやらない。

たまたま通りかかった本善寺《ほんぜんじ》という寺の僧侶が、

「ご苦労さまです」

と、声をかけ、さらに、托鉢笠のなかをのぞき込むようにして、

「どちらの寺ですかな?」

遠慮がちに訊いた。

だが、答えはなく、念仏の声だけが聞こえている。

耳を澄ますと、どうやらそれは、『観無量寿経《かんむりようじゆきよう》』らしい。浄土宗で読まれるものである。

「あ、霊巌寺のお坊でしたか。失礼した」

と、本善寺の僧侶は詫び、歩き出した。

——それにしても……。

神仏習合で寺と神社がいっしょになったところはいくらもあるが、神社の真ん前で托鉢はやらないだろう。

——おかしな人だ。

と、振り向いてみると、あの僧侶がいない。

──え？

本善寺の僧侶はまだ十歩くらいしか行ってなかったので、急いで引き返した。どこに消えたのか。もし、動いたとしたら、すぐ後ろの神社の境内だろう。だが、見渡しても誰もいない。

なかに入り、本殿の周囲まで捜した。月明かりだけでなく、灯籠の明かりもあるので、見つけられないわけがない。まして、わりと柄《がら》の大きな僧侶だった。

だが、やはりいない。

──なんだったのだ？

本善寺の僧侶は、背筋が寒くなり、逃げるようにその場を去った。


この晩の、まだ四つ（午後十時）にはなっていないころ──。

深川の題経寺の小坊主である祥然《しようねん》は、外から一人のお坊さんが疲れたような足取りで帰って来たところに出くわした。

この寺には、住職を含め三人の僧侶と、二人の小坊主がいる。

だが、このお坊さんは見たことがない。

それなのに、かって知ったるところのようになかに入って来て、本堂裏手のお堂のほうに向かった。

「あのそちらは」

祥然は、ためらいがちに声をかけた。

裏手のお堂には、あまり人は行かない。そこには、秘仏が祀られている。

題経寺の秘仏は、奈良に都があったころ、唐土《もろこし》から伝わってきた木像である。ただ、損傷が激しいため、一般の信者に拝ませるのは遠慮させようと、秘仏ということになったらしい。

なかは暗く、錠前もかけられ、誰も入ることはできない。

ところが、お坊さんはどうしたわけか、苦もなく扉を開け、なかに入ってしまったではないか。

「え？」

祥然は不思議に思い、その扉を開けてみた。

すると、そこには秘仏が鎮座するばかりである。

ということは、いま外からもどって来たのは、題経寺の秘仏だったのではないか。

「うわあ」

小坊主の祥然は、悲鳴を上げ、腰を抜かした。

この声を聞いたもう一人の小坊主である明然《みょうねん》が、

「どうしたんだ？」

と、駆けつけ、聞いた話を住職の良淳に報告した。

「そんな馬鹿な」

良淳はお堂のところまで来て、錠前が無くなっている扉を開けた。

秘仏は前のとおりに鎮座している。

ただ、鉢のなかには数十枚の小銭が入っていて、足元に外を歩き回ってきたらしく、埃まみれのわらじが脱ぎ棄てられていた。

「これは……」

良淳も信じるしかない。

秘仏の托鉢はこの後も数日にわたってつづけられたという。

この奇怪な話は、たちまち深川では誰一人知らない者がいないくらいに広まってしまった。

三

一方──。

凶四郎と源次は、お梅の周辺に現われたかもしれない背の高い男というのを、なかなか特定できずにいた。

長屋の者はもちろん、周囲でも誰もそんな男は見ていないというのだ。

この日も、いつもより早めに奉行所を出て、尾張町のお梅の長屋界隈でずいぶん聞き込みをつづけたが、やはり見た者はいない。

一休みしようと、通りの水茶屋に腰を下ろすと、

「自分が目立つということは当然、わかっているでしょうから、人目を忍んで動いたのでしょうね」

と、源次が言った。

「あるいは、お奉行の勘がはずれて、良淳はお梅の身辺に姿を現わしたことなんかなかったのかもしれねえぞ」

「いやあ、根岸さまの勘は滅多にはずれないでしょう」

「まあな」

そんな話をしていると、前を見覚えのある男が通った。

「おや、土久呂さま」

「おう、あんたか」

讃岐屋の若いあるじである。

「このあたりで、またなにかありましたか？」

「うむ、あの幽霊のお梅の件なのだがな」

「ええ、ここらでも噂になってます」

讃岐屋は声を低めて言った。

「そうだろうな」

「人を脅してるから、そんな目に遭ったんだなんてやつもいますが」

「うん。それもなくはないんだろうが、そうひどい脅し方はしてなかったと思うんだよな」

「ええ。お化け屋敷ならともかく、道端でひどくびっくりさせるようなことはしないでしょう」

「それで、お奉行のほうから、お梅の身辺にやけに背の高い男が出没していなかったか調べるように言われてな」

凶四郎は珍しく愚痴るような口調で言った。

「やけに背の高い男？」

「ああ」

「あたしは見ましたよ」

「あんたが？」

「恐ろしく背の高い男とぶつかりそうになりました。お梅の長屋の近くでした」

「おいおい、ほんとかよ」

意外なところで目撃者が見つかった。

「それは、幽霊の仕事を頼んだときかい？」

凶四郎は訊いた。

「いえ、確か、その前でしたね。あたしは、お梅の噂を聞いて、どういう娘がそんなことをしているのかと、長屋を見に行ったんですが、そのときです。お梅の長屋の路地のところに、恐ろしく背の高いお侍が立っていたんですよ」

「武士？　坊主ではなくて？」

「ええ。お侍でした」

「ほう」

根岸は、初めて良淳を見たとき、僧侶の質素な食事であそこまで大きくなれるか、小坊主はやっていないのではないかと言っていた。まさに、良淳というのは、ついこの前まで武士だったのか。

「いや、いい話を聞いた」

「また、なにかありましたらご遠慮なく」

讃岐屋が店にもどるのを見送って、

「やはり、讃岐屋が見たのは、題経寺の良淳だったんでしょうか？」

と、源次が訊いた。

「だろうな」

今日は明るいうちからずいぶん歩き回った。

「ぐうぐう鳴いてます」

「そこでそばをかっこもう」

橋のたもとのそば屋に入った。

大盛りを凄い勢いでかっこんだが、あとでこれを後悔することになる。

四

万年町の定八の家に来ると、

「親分はまだもどらないんです」

見覚えのある下っ引きが心配そうに言った。

「一度ももどってねえのか？」

「昼から出たきりです」

ということは、題経寺にいるのか。

行き違いになるかもしれないので待ってみたが、それにしても遅い。そのうち隣で髪結いをしている定八の女房が仕事を終えてきて、やけに丁重に挨拶されたりして、居にくくなってしまった。

「やっぱり題経寺に行ってみよう」

根岸から、題経寺に町方が出入りすることは伝えてあると言われた。なんの遠慮もいらない。

題経寺の近くまで来ると、門の手前の道に人だかりがあった。平野町《ひらのちょう》と書かれた番屋の提灯もある。

「なにかあったんですかね」

「ああ、それで定八は遅くなってたのか」

ところが、近づくにつれ、

「親分じゃねえか」

という声も聞こえた。

「おい、源次」

嫌な予感がして駆け寄った。

男がうつ伏せに倒れている。見ると、定八だった。

「定八、しっかりしろ」

だが、すでに息はない。

後ろから心ノ臓を一突きされている。声を上げることもできなかったろう。

「なんてこった」

ここはさっきも通った道である。むろん、さっきはなにもなかった。そば屋に入らずに来ていれば、定八とここらで会うことになっていたかもしれない。

「いつだ？」

凶四郎が番屋の提灯を持った男に訊くと、

「ついさっきみたいです」

「誰か見た者は？」

ここは寺町通りだが、寺が並ぶのは東側だけで、西側は平野町など町人地になっている。その町人地のほうにある乾物屋《かんぶつや》の前に、婆さんが怯えた顔で立っている。

「あんた、なにか見なかったか？」

凶四郎は訊いた。

「どさっと音がしたんで、見てみたんですが、托鉢笠をかぶった影が、そっちの道に駆け込んで行きました」

婆さんは左のほうを指差した。

「なに」

その道は、題経寺と別の寺のあいだの細道である。

「どこに通じている？」

「蛤町《はまぐりちょう》と冬木町《ふゆきちょう》の入堀《いりほり》に出ます」

と、番屋の者が言った。

追いかけてもおそらく見つからないだろう。そこへ、集まった者のなかから、

「もしかして、例のやつかな？」

という声がした。

「なんだ、例のやつとは？」

凶四郎はそう言った男に訊いた。

「いえね、この数日、題経寺の秘仏が町に托鉢に出ているという噂があるんですよ。跡を追うと消えちまうらしいんですが、まさかその秘仏のしわざなんてことは」

「秘仏が？」

そこへ、題経寺の門のなかから、小坊主に提灯を持たせて、住職の良淳が出て来た。

「なにやら騒がしいが、どうなさった？」

「万年町の岡っ引きが殺されたんです」

と、平野町の番屋の者が言った。

そこへ、誰かが報せたらしく、さっき挨拶した定八の女房と、下っ引きの二人が駆けつけて来た。

「お前さん！」

「親分！」

身内の者たちがすがりつくと、良淳が遺体に向かって、経を唱え始めた。

源次が凶四郎を見た。こいつってことはないですよね？　そういう目だった。

凶四郎は首を横に振った。返り血も浴びていないし、だいいちこの背丈である。

乾物屋の婆さんだって気づかないわけがない。

経が終わった。

「住職、妙なことを言う者がいましてな」

と、凶四郎は良淳に言った。

「なんでしょう？」

「この寺の秘仏がやったのではというのです。このところ、こちらの秘仏が、夜、出歩いているそうですな」

「ああ」

良淳は眉をひそめた。迷惑そうに見えないこともない。

「ちと、見せてもらえませんか」

「わかりました」

良淳は、凶四郎と源次を門のなかに入れ、本堂裏手の小さなお堂に案内した。頑丈そうだが、いかにも古びた小さなお堂である。

「ここにおられるのですが」

扉は二重になっていて、奥の格子扉のところから提灯の明かりを入れるようにすると、

「いまはいらっしゃいますな」

と、言った。

「いまは？」

「じつは、昨日、一昨日と出歩いたようなようすがありまして、あたしも内心、驚いたのですが」

「……………」

凶四郎は信じない。

良淳は格子の扉を開けた。

提灯が向けられる。かなり古ぼけて、そそけだったような木像である。

「阿弥陀《あみだ》さまです」

と、良淳が言ったが、

「おや？」

提灯をさらに近づけた。

秘仏の胸のあたりがどす黒く濡れている。

「えっ。血でしょうか」

良淳が後じさりした。

凶四郎は手を伸ばし、その濡れたものを指先につけてみた。鉄錆《てつさび》のような臭い。明らかに血である。まだ新しい。

「返り血のようだな」

「そんな馬鹿な」

と、言ったのは、良淳ではない。

良淳の後ろにいた小坊主が、激しく震え出していた。

五

それから凶四郎と源次は、夜じゅうかけて、ずっと定八の足取りをたどっていた。

どうも、題経寺に来たのは殺されるちょっと前だったらしい。寺男が、墓場に来た定八に声をかけると、どこかで一杯やってきたみたいで、

「へっへっへ。悪党の墓を拝みに来たぜ」

と、機嫌のいい口調でそう言ったという。

「悪党の墓なんかあるのか？」

凶四郎は寺男に訊いたが、

「そんなものはないですよ」

と、首を横に振った。なにか隠し立てしているふうではない。

だが、定八は間違いなく、その悪党の墓を見つけたのだ。そして、それがゆえに殺されてしまった。

朝になって——。

凶四郎は根岸の私邸にもどると、朝食を摂っていた根岸の前に座り、昨日のできごとを報告した。

お梅の長屋の前に、やけに背の高い男がいたのを、讃岐屋が目撃したこと。

定八の伝言のこと。

しかし、定八は殺されてしまったこと。

そして、托鉢する秘仏と、返り血のこと。

凶四郎は、語るうちに、なんと恐ろしいことが起きているのかと、背筋が寒くなった。

「なるほど」

「定八は可哀そうでした」

「うむ。おそらく、わしの頼んだことになにかがつながったのだろうな」

「というと、三年前の冬にできた墓の身元ですね」

「そうだ」

うなずいてから、根岸は考え込んだ。

凶四郎は根岸のようすを窺いながら、お膳の飯に手をつける。

おかずは、納豆にめざしに梅干し、それと小松菜と豆腐の味噌汁である。あんな嫌な体験をしても、腹だけは空いているのに、われながら呆れる思いである。

二杯目の飯を食っていると、

「これはそなたに頼むより、例繰方《れいくりかた》に頼んだほうがよいだろうな」

と、根岸は言った。

「どんなことでしょう？」

「うむ。この三年、動きを見せない大泥棒がいないか、気になってきたのさ」

「ははあ」

「よい、わしが頼んで来る」

根岸が立ち上がったとき、

「根岸さま。面白いやつが来ましたよ」

と、しめの声がした。

見ると、しめの後ろには雨傘屋がいる。

「根岸さまに言われたので、遊びに来たそうです」

雨傘屋が照れたように頭を掻いている。手には雨傘を持っていた。

「おう、来てくれたか。生憎《あいにく》と、いま、手が離せぬのだ。しめさんと話していてくれ。すべて、しめさんが飲み込んでいるからな」

根岸はそう言って、渡り廊下を、私邸から表の奉行所のほうへ向かった。

「じゃあ、あんた、ちょっとこっちにおいで」

と、しめは根岸の私邸の台所の隅に雨傘屋を座らせた。

「腹減ってない？」

「いえ。食ってきました」

「そうなの。ところで、あんた、捕物とか興味あるの？」

「そりゃあ、ありますよ」

雨傘屋は大きくうなずいた。

「そうなの。じつは、あたしもそろそろ、下っ引きが欲しいとは思っていたんだがね」

しめは十手を取り出し、それを振り回すようにしながら言った。

「しめさんが……」

雨傘屋は表情の消えた顔でしめを見た。

「馬鹿にしてる？」

「いや、馬鹿になんてしてません。むしろ、あの根岸さまが、いろいろ頼みごとをしているんだから、よほど腕はいいんだろうとは思いました」

「あんた、賢いね」

「いやいや」

「やってみる？」

「しめさんの下っ引きを？」

どうも、雨傘屋が内心、期待していたのは、神田の辰五郎あたりの下っ引きだったらしい。しめもそういう気持ちはなんとなくわかったが、それは無視して、

「そう、あたしの下っ引き」

「わかりました。ぜひ、お願いします」

と、雨傘屋は覚悟を決めたように言った。

「でもね、捕物やってると、荒事に巻き込まれることも多いんだよ。なんせ、相手にするのは、穏やかな善人じゃないから。悪党だから」

「そうでしょうね」

「でも、あんたは喧嘩が強いようには見えないねえ」

しめは遠慮のない目で雨傘屋を見て言った。

雨傘屋は、しめとそう違わないくらいの背丈だし、なにせ丸い目に下がり眉が、

独特の愛嬌を漂わせている。

「そりゃあ、剣術の嗜《たしな》みなどはありませんが」

「殴り合いはどう？」

「もともと喧嘩っ早い性格じゃないもんで、殴り合いなんてのはしたことはありません。でも、この傘さえあれば、強いやつにも、そうそうひけを取ることはないと思いますよ」

と、雨傘屋は持っていた番傘を軽く振った。

「その傘？　武器かなにかになってるのかい？」

「そうなんです。ちょっと、持ってみてください」

しめは渡された傘を手に持つと、

「あら、重いね」

と、目を瞠った。

「重いでしょう。この重さがあるだけで、振り回せば、かなりの武器になります」

「確かに」

よく見ると、いろんなところに金具が使われている。重いわけである。

「これを開きますよ」

「あら」

油紙には模様や絵がいろいろ描いてあり、しかもさまざまな色が使われている。中心は渦巻模様にもなっている。

「派手な傘だねえ」

「だから、ひろげて回すだけでも、目くらましに使えます」

「ほんとだね」

「それで、圧巻はこれです」

と、くるくるねじるようにして、中心の柄《え》を外した。さらに、のこったところから数本の骨も取り出した。

「ばらばらになるんだね」

「それだけじゃないですよ」

と、柄のところに指をかけると、柄は半分にわかれ、片方は竹でできていて、それが弓なりにしなるではないか。その真ん中には穴が開いている。

「ここにこの骨を入れ、こうやって手で持って」

と、引き絞って放つと、なんと骨は矢になって飛ぶではないか。

「ちゃんと引き絞るとけっこうな威力になります。先には小さな矢じりがついてますから、人の腹くらいなら突き刺さりますよ」

「へえ」

「ちょっと手間がいって、咄嗟の喧嘩には間に合いませんけどね」

「いや、使えるね、それは」

「でしょう」

「じゃあ、あんた、今日からあたしの子分だ」

「わかりました」

「それとね。もう、しめさんじゃないよ」

「ああ、しめ親分」

「しめってのは、根岸さまがそう呼ぶからで、あたしのいまのほんとの名は、清香《きよか》って言うんだよ」

「き、清香？　あまり似合わないですね」

雨傘屋は、笑いを嚙みしめたような顔をした。

「なに言ってんの。ほんとの名なんだから、似合うも似合わないもないだろ」

しめは、早くも親分の口調になって言った。

六

この日の夕方になって、奉行所の例繰方から根岸に報告が上がってきた。

この三年間、なりをひそめていた大泥棒についてである。

「いたか？」

「はい。三人ほどいました。なるほど、近ごろ、こいつらの名を聞いていないと、わたしも改めて思いました」

例繰方の若い同心が、感心したように言った。

根岸はそれを受け取り、

「さて、土久呂もそろそろ起きただろうから、深川の現場を見に行くか」

と、供の者たちに声をかけた。

今日は、宮尾、椀田、土久呂、源次に加え、しめが下っ引きにした雨傘屋を連れて行きたいというので、

「しめさんの初めての子分なら、連れて行かざるを得ないわな」

と、許可された。

猪牙舟より一回りは大きい、二《に》丁櫓《ちょうろ》の舟に乗り込んだ。奉行所の舟で、漕ぎ手も二人ついている。

舟が動き出すとすぐ、

「例繰方から報告があったそうですが？」

と、凶四郎が訊いた。

「あった」

「なにかわかりましたか?」

「うむ。この三年で動きをとめている大泥棒が三人ほどいた」

「三人」

「いずれも通り名を持つ大物だ」

「誰です?」

「まず、隠居の長右衛門《ちようえもん》」

「ああ」

もう七、八年ほど同心をしている椀田と凶四郎だけは、大きくうなずいた。

根岸家の家来である宮尾玄四郎や、若い岡っ引きたちは知らない。

「隠居の老人を装って、家を借り、近くの大店に忍び込むという悪党だよ。ほんとの隠居に見えるけど、じつはさほどの歳じゃないとも言われてたんだ。ほんとだ。確かに、近ごろ聞きませんね」

と、椀田が言った。

「次に、竿竹屋《さおだけや》万吉《まんきち》」

「そうか。あいつもいたな。竿竹をかついで売って回るんだけど、その竿竹を使って、二階から侵入するという、身の軽い盗人だよ」

凶四郎が宮尾たちに教えた。

「そして、化けの百蔵《ひゃくぞう》」

根岸がその名をあげると、

「あ」

と、しめが手を叩いた。

「しめさん、知ってるのかい?」

「ええ。そいつは辰五郎が追いかけてたことがありますよ。いろんな商売に化けて、入り込むんですよね」

しめがそう言うと、宮尾や源次、雨傘屋は、

「へえ」

と、感心した。

「だが、百蔵はけっこう歳だから、死んでいてもおかしくはないかもしれませんね」

椀田がそう言うと、

「いや、万吉もかなり痩せていて、肺病持ちかもしれなかったんだ」

と、凶四郎が言った。

「それで、お奉行は、そのうちの誰かが、題経寺に葬られているとお考えなのですか?」

椀田が訊いた。

「ああ、ほんとの名でな」

「そうか。通り名なんざあてになりませんね」

「おそらくそれを、定八は摑んだのだろうな」

根岸は辛そうな顔になってうなずいた。


舟は油堀の富岡橋のたもとにつけられた。

まず根岸一行が向かったのは、定八が殺された題経寺の前だった。すでに陽は落ちかけていて、源次、しめ、雨傘屋の三人は、早くも御用提灯に火を入れた。

「ここです。定八が倒れていたのは」

と、凶四郎が場所を示した。

「それで僧侶が逃げ込んだというのは？」

「その細道です」

根岸は細道に入った。

陽が落ちたあとも、セミの鳴き声が凄まじい。それが両側の土塀のあいだで反響しているようである。

「ふうむ」

根岸は題経寺の土塀を丁寧に見た。ところどころに中の樹木の枝が外へはみ出しているのも確かめるようにした。

「なるほどな」

「お奉行。題経寺の秘仏もご覧になりますか？」

と、凶四郎が訊いた。

「ああ、あれか」

「血は洗ったりしないようにと言っておきました」

「いや、いいだろう。そんなもの、嘘に決まっておるわ」

根岸は鼻で笑った。

「では、托鉢していた秘仏というのは？」

「む。その場所は見てみるか」

「ちと離れますが」

と、凶四郎は歩き出したが、万年町のあたりに来て、

「そこが定八の家です」

喪中でひっそりした家を指差した。

「そうか。線香をあげて行こう」

なかには女房や下っ引きもいたが、

「お奉行さまが」

ことである。

と、仰天した。岡っ引きの葬儀に、町奉行が悔やみに来るなど、思いも寄らない

根岸は手を合わせ、

「そなたの死は無駄にせぬぞ」

と、つぶやいた。

小名木川の高橋のたもとに来て、

「ここでも立っていたそうです」

と、源次が言った。このあたりは、あとで源次が詳しく訊いて回ったのだ。

「こうか」

根岸は同じように立った。

「それで、婆さんはそっちの路地に入るのを見たのですが」

「この路地だな」

と、根岸はそこへ入った。源次は慌てて、提灯で根岸の足元を照らしながら、先へと回る。ぞろぞろと、凶四郎たちもつづく。

「妙な歩き方だったそうです。こう、肩を揺するような、酔っ払いのような」

「ふむふむ」

「それで、突き当たりになるのに、消えてしまったそうです」

「ここでな」

と、根岸はうなずき、板塀の下を屈み込んでのぞくようにした。

塀は古びていて、下に隙間ができている。

「こんなところはくぐれないでしょう」

凶四郎がそう言うと、

「どうかな」

根岸はニヤリと笑った。

「あとは、向こうに五徳稲荷というのがありまして」

「うむ。そこも見よう」

五徳稲荷にやって来た。

「あっはっは、ここでな」

根岸は笑った。まさに神社の真ん前である。

境内は昼間見るより広く感じられ、石灯籠がいくつも点在していた。

「面白いのう」

根岸は楽しげでさえある。

「それで、この境内のなかでいなくなったと」

境内をぐるりと見回すが、ここはつぶさに観察したりしない。こんなところなら、いくらでも隠れられるだろうと言いたげである。

「よし、ずいぶんわかってきた。もどろう」

根岸の言葉に、一同は唖然となっている。

いったい、なにがわかったのか。しかし、こうしたことは、根岸には珍しくない。

しめだけは自慢げに、

「どうだい」

というような顔である。

霊巌寺の前を通ったときである。

「お奉行、いま、一瞬ですが、その塀の向こうに托鉢笠の先が見えました」

と、凶四郎が囁きかけた。

「ほう。そなた、さすがに夜目《よめ》が利くのう」

じっさい、夜回りをつづけるうち、暗闇でも見えるようになってきたと、凶四郎は自覚している。

「そんなことより、あの位置に笠が見えるということは」

「よほど背の高い男か」

「ええ、良淳かと思われます。もしかしたら、つけていたのでは？」

「用があって来ていたのかもしれぬぞ」

「ですが」

と、凶四郎はなにか言いたげである。

「申せ」

「あやつ、ぜったい怪しいと思うのです。この件にあやつが関わっていないわけがないでしょう。しかし、お梅が死んだあと、殺したやつはお梅の長屋に行き、あの手帖みたいなやつを破り取っていました。あいつだったら、誰かが見咎めたりしそうですが」

「もう一人いるのだろうな」

「もう一人？」

「あやつの手下か、あるいはあやつが使われているのか」

根岸がそう言ったとき、

「御前」

と、宮尾玄四郎が緊迫した表情で根岸に近づいた。なにかを察知したらしい。

「どうした？」

「急ぎましょう。なにか、飛び道具のようなもので狙われているような気がします」

凶四郎が夜目が利くなら、手裏剣の達人である宮尾は、そうした気配に敏感である。

「なんだと」

椀田が根岸をかばうように、ぴたりと後ろについた。

「提灯を持つ者は離れろ」

凶四郎が鋭く言った。根岸を闇のなかに入れ、狙いをつけにくするためである。

雨傘屋は、こうした緊張感は初めてらしく、さすがに青い顔になっている。

寺町の夜は静まり返っている。セミの鳴き声は低くなったが、ふくろうの鳴き声がしたかと思うと、闇夜のカラスがふいに視界を横切って消えたりする。番屋の提灯には、蛾や虫が集まって、ぐるぐる飛び交っている。なにやら物の怪の気配すら感じられる。

一行は急いで舟を泊めたところまで来た。

「さ、早く」

根岸が最初に乗り、最後に乗った宮尾が、

「ふう」

と、大きくため息をついた。

七

翌々日——。

根岸は、汐留にある播州龍野藩邸に、寺社奉行の脇坂淡路守を訪ねた。

ここは、町奉行と同じく、内部に寺社方の役所がある。もっとも町奉行は、南北の二人だけだが、寺社奉行はだいたい四人ほどいて、月交代の町方と違い、もっと複雑に分かれている。

もともと大名がなる職務だから、奉行は大雑把に全体を把握するだけで、細かな事案についてはさほど突っ込んで調べることは少ない。ただ、脇坂は異色の寺社奉行であり、しばしば常識外の行動で、幕閣を驚かしたりした。

「これは根岸どの、わざわざどうなされた？」

「じつは、根回しです」

と、根岸がざっくばらんに言うと、

「あっはっは」

脇坂は豪快に笑った。

「吟味物調役の樺島文十郎のことですが、嫌疑があります」

「ほう」

「もしかしたら、わたしのほうでお縄にし、いったん脇坂さまにお渡しすることになるやもしれませぬ」

「なるほど。だが、吟味物調役は旗本で評定所からわしの元に派遣されて来ているのだ。結局は、評定所の裁きになるだろうな」

「もちろん、そうなるかと。ただ、おそらく仕事はよくできたはず。脇坂さまにもご迷惑をおかけするだろうと思って、こうして参上した次第です」

「承知した。詳しくは、あとで聞くことにいたすが、樺島というのはおそらく宗教に絶望したのだ」

「そうですか」

「京都の寺社でさえひどいありさまだったらしい。いちいちは聞いておらぬがな。ましてや、江戸の寺社の体たらくときたら呆れるほどだ。延命院の一件以来、わしもずいぶん怪しげなやつに狙われるようになっている」

「そうでしょうな」

根岸はうなずいた。いったんは震え上がった破戒坊主たちだが、必ず復讐を試みるようになる。町人の世界の闇と似たような闇は、神仏の世界にもあるのだ。

「根岸どのも気をつけてくれ」

「ありがとうございます」

根岸は礼を言い、

「ところで、樺島は京都から新たに部下を連れて来てなかったですか？」

と、訊いた。ふつうの寺社奉行なら、そこまで気にしていない。が、脇坂はその点でも尋常の奉行ではない。

「もしかして、やけに背の高い男のことかな？」

「そうです」

「いたな。ちと待たれい。訊いてみよう」

と、腹心の者を呼び、訊いてくれた。

その者が言うには、

「あれは、京都知恩院で寺侍をしている者で、樺島どのが頼んで譲り受けたそうです。いまは、樺島家の家来になっているはずですが」

とのこと。

「なるほど。名まではおわかりにはなりませんか？」

「わかります。わたしも何度か話をしましたので。確か、秋津《あきづ》新兵衛《しんべえ》といったはずです」

「秋津！」

根岸は思わず膝を打った。

「それがどうかしたのか？」

脇坂が訊いた。

「いや、それで一つ謎が解けました。詳しくは、明日にでもご報告することになると思います」

根岸はそう言って、龍野藩邸を退出することにした。

その帰り際、自宅から来たらしい樺島文十郎と行き会った。

「ちょうどよかった。今日は忙しいかな？」

根岸は訊いた。

「いえ。とくには」

「では、夕方七つ（午後四時）ごろがよいかな、題経寺にてお話ししたいことがあるのだが」

「伺いましょう」

樺島はなんら表情を変えることなくうなずいた。


奉行所にもどると、根岸は明日の裁きに関して与力から報告を受け、手順について打ち合わせをした。この時点で、裁きはほぼ、決まってしまっている。お白洲でおこなわれるのは確認のようなもので、そこで裁きがくつがえるなどということは、滅多にない。

昼食のあと、町回りを担当する与力の報告を受ける。これにもいくつかの指示を出し、机のうえに載っているさまざまな書類に目を通していると、陽が傾き出しているのに気づいた。

「土久呂はそろそろ起きたころかな？」

近くにいた宮尾に訊いた。

「起きていると思います」

「では、題経寺に向かうと伝えてくれ。それと、しめさんもいるならご同行願おうかな。連れて行かないと、あとで恨まれるかもしれぬのでな」

慌ただしく、根岸が出かける支度が整えられた。

今日も、先日同様に二丁櫓の舟が用意され、根岸とともに宮尾、椀田、凶四郎に源次、そしてしめと雨傘屋が乗り込んだ。

油堀の富岡橋たもとで舟を降り、題経寺に入ると、

「なにごとでしょう」

と、仮の住職である良淳が顔色を変えた。

「樺島文十郎は来ているかな？」

「いえ、まだですが」

「まもなく参るはず。わしらは、墓場のほうで待つことにいたす。樺島が来たら、ご住職もいっしょに来られるがよい」

「墓場に……」

良淳の顔は強張《こわば》っている。

根岸一行は墓場に来た。

陽はだいぶ傾き、居並ぶ墓石を、茜色に染めている。

蜻蛉《とんぼ》がしきりに飛び交っているが、まだ赤蜻蛉はいない。大きな鬼ヤンマが横切ると、根岸は目を細めてその飛行ぶりを見やった。

「そうだ。寺男に確かめねば」

根岸はそう言って、寺男を呼ばせると、

「岡っ引きの定八が殺される前にここへ来ていたそうだが、どのあたりにいた?」

「へえ。あっちにいましたが」

「そうか、やはりな」

要件はそれだけだった。

「では、向こうの墓の前で待とう」

根岸が前に立ったのは、高さが三尺(約九一センチ)ほどで、荒い研磨の、自然石に近い墓だった。

表面には、「市蔵の墓」とだけ彫られ、裏には亡くなった年月日と、享年六十三とだけ刻まれている。

「お奉行、この墓が定八がつきとめた者の墓なのですか？」

凶四郎が訊いた。

「そう。寺の過去帳は破られたが、定八はここの檀家などを訪ね歩いたりして、突き止めたのだろうな」

「そして、これがあの三人の大泥棒のうちの一人なのですね」

「うむ」

根岸がうなずいたとき、本堂のほうから樺島文十郎と良淳がいっしょにやって来た。良淳の顔は強張っているが、樺島は平然としている。

その向こうに、この寺の小坊主二人がこっちを気にしているのも見えた。

すると根岸は、

「おう、そうだ。あの可愛い小坊主二人も呼んでくれ」

と、源次に声をかけた。

そして、市蔵の墓は、まるで葬儀のときのように、大勢に取り囲まれた。

「さて、なにから始めるか。まずは、定八殺しの下手人からか」

根岸はそう言った。

すると、

「根岸さま。この町の者は皆、定八はこの寺の秘仏に殺されたと申しておりますぞ」

　良淳が言った。

「そんな馬鹿なことがあるものか。そもそも托鉢する秘仏自体がつくりごとだ。なあ、小坊主のお二人さん」

　根岸はそう言って、小坊主たちに笑いかけた。

「え。もう、おわかりでしたか」

「さすがは根岸さま」

　小坊主たちは、心底、感心したように言った。

「そなたたちは、わしに来て欲しくて、あのような悪戯をしたのかい？」

「はい」

「耳袋に出て来るようなことが起きれば、根岸さまはきっとまた、この寺に来てくださると思って」

「二人で相談してやったことです」

「うむ。秘仏も二人で化けたんだよな」

「はい」

　二人はほぼ同時にうなずいた。

凶四郎や源次たちは、この話のなりゆきに啞然としている。

「そっちがこっちの肩に乗ったのだな。肩車で歩いたから、酔っ払いみたいになってしまったわけだ」

「ええ」

「それで、そなたたちくらいの身体なら、狭いところにも潜り込めるし、石灯籠の裏に隠れるのも容易なこと。それから、自分たちで秘仏が托鉢しているという噂をばらまいたというわけだ。だが、なぜ、そうまでして、わしに来て欲しかったのじゃ？」

「はい。去年の暮れから、この寺では妙なことが相次いでました。お墓が倒されたり、おみくじで大凶ばかりが出たり、幽霊のふりをしていたお姉さんが殺されたり」

　がっちりしたほうの小坊主がそう言うと、

「あの、お姉さんはいい人だったのにな」

　小さいほうは悲しげな顔になった。

「うん。それから、そちらの良淳さまが寺に来て、変なことをなさったり……」

「変なこととはなんだ？」

　根岸が訊くと、二人は怯えた顔をした。

「安心いたせ。そなたたちの身は、わしが必ず守ってやるからな。見たことを正直に言うのだぞ」

「はい。良淳さまが、この寺の過去帳とか墓場の帳面とかを破ったりして」

「ほう、良淳さまがな。天網恢恢疎《てんもうかいかいそ》にして漏《も》らさずというやつよのう。こそこそ悪事をしても、このような小坊主の素直な目が、ちゃあんと見ていたりするものなのだ」

根岸はそう言って、樺島と良淳を睨み、

「しかも、悪党どもは小坊主がこしらえた怪談を安易な着想で利用し、定八殺しが秘仏のしわざのように細工をいたした。馬鹿げた細工をな」

根岸がそう言うと、小坊主二人が、

「ああ」

と、大きくうなずいた。

「定八を刺したのは樺島文十郎だ。良淳は目立ち過ぎるからな」

「………」

樺島は弁解もせず、じっと根岸を見ている。

「だが、お梅を直接、殺したのは良淳のほうだ」

「根岸さま。証拠もなしにそのようなことを」

良淳は文句を言った。

「証拠もなにも、お梅は死ぬ間際に自分を刺した者の名を告げていたではないか」

「なにをおっしゃっているので」

「お梅はな、いまわの際に介抱した者に向けて、宙に〈の〉の字を書いてみせた。こうやってな」

根岸がそのしぐさを真似ると、またしても小坊主たちが、

「あっ」

と、声をあげた。

「そなたたちはわかるか？」

「根岸さま。耳袋にお書きになったあれですね」

「蜻蛉を捕るときに動かなくさせる呪いのことですね。のの字を書けばいいんですよね。試してみたら、うまくいきましたよ」

「そうか、そうか」

小坊主たちは、題まで覚えていてくれたのだ。

それは、怪かしの話ではなく耳袋にときおり記される巷の知恵のような話で、こう書いておいた。

草木にとまっている蜻蛉を捕らえようと思ったら、その蜻蛉に向かって、のの字を空中に書くようにすれば、蜻蛉は動くことなく、かんたんに捕まえることができる。

子どもに虫を捕まえる技を伝授するような話で、虫好きの根岸だからわざわざ記したようなものである。

このやりとりに、

「蜻蛉を捕まえる呪いがなんだというのですか」

と、良淳は怒りをあらわにして言った。

「そのほう、京都にいたくせに、そんなことも知らぬのか。そなたの本来の名は、秋津新兵衛だそうじゃな」

「……………」

「秋津というのは、昔は蜻蛉を差していたのだ。この日本の国が蜻蛉のようなかたちをしているので、秋津島と呼んだと、古《いにしえ》の書物にも書いてあるぞ」

「……………」

「お梅は最初に幽霊の真似をしてくれと依頼に来た秋津という男が、この寺で坊主になっていて、自分を刺したことに気がついた。坊主になっていたから驚いたかもしれぬな。だが、ちゃんと蜻蛉を捕るときの呪いをしてみせて、秋津の名を伝えてくれたのさ」

根岸がそう言うと、

「では、やはりお梅は秋津が住職になったことを知ったので、殺されたのですか?」

と、凶四郎が訊いた。

「いや、それだけでは殺すまではせぬだろう。多めに金を渡せば、お梅だってそれくらいのことは口を閉ざしただろう」

「では、なぜ?」

「お梅はこの墓に入った男が誰なのか、知っていたのではないかな」

根岸がそう言うと、取り囲んだ者は皆、その墓を見つめた。

「お奉行、誰なのです?」

凶四郎が訊いた。

「化けの百蔵」

根岸がそう言うと、

「あ」

椀田が大きな声を上げた。

「どうした、椀田？」

「忘れてました。化けの百蔵は、おそらく旅役者なのではないかと、そう推測するところまで来ていたのです。次に盗みがあれば、その周囲に旅役者の小屋はなかったか調べることにもなっていました」

椀田がそう言うと、

「そうだ、そうだった。だが、百蔵は次の盗みをおこさなかった。そのうち、おいらたちも忘れてしまっていた」

と、凶四郎が言った。

根岸は二人の言葉にうなずき、

「百蔵は三年前に死んでいた。死因はわからぬが、歳もいっていたし、病であっても不思議はない。ところで、土久呂、お梅も旅役者だったな？」

「はい」

「おそらく役者の市蔵のことを知っていた」

「ああ、そこですか」

「亡くなって、題経寺に葬られたことも知っていた」

「なるほど」

「ところが、この秋津たちがなんだか市蔵の墓をどうかしたいように見える。なぜなのか、お梅は考えたのかもしれぬ。もしかしたら、生前、役者仲間のあいだでは、化けの百蔵と市蔵のことが噂になっていたかもしれぬ。それで、もしかして市蔵の亡骸を調べたいのかと思い至り、それを良淳に問い質してしまった。それが運の尽きだったというわけさ」

「………」

良淳はなにも言わない。黙って、根岸の次の言葉を待っている。

「なぜ、百蔵の遺骸を?」

凶四郎が訊いた。

「それだよな。なぜ、墓石を倒し、それが土葬か火葬かを確かめようとしたのか。土葬と火葬のなにが違うのか。火葬だと、焼いたあとで骨を壺のなかに入れるわな。その際、遺体といっしょにあったものも焼けてしまったりするし、骨壺に入れる際に見つかりもする。だが、土葬であったなら、遺体に抱かせたものは、そのままなかに入っている」

「金かなにかでしょうか?」

「金かもしれぬ。それでわしは、三年くらい前に、京都に行っていた者を探し、訊ねてみたのさ。一人はとある大店の手代だった。もう一人は、北町奉行所の与力が京都奉行所に行っていた。それで、そのころ京都で化けの百蔵らしき盗人の仕事で噂になっていたことはなかったかとな」

根岸がそこまで言ったときである。

「根岸さま……」

と、雨傘屋が声をかけた。必死で訴えるような調子である。

「どうした、雨傘屋？」

「わたしも、ちょうど三年前、京都に行ってました」

「ほう、そなたもか」

「はい。わたしは東山のとあるボロ寺に潜り込んで暮らしていたのですが、そこで妙な噂を聞きました。浄土宗の総本山である知恩院に、かつて運慶《うんけい》という仏師が彫った小さな象牙の秘仏がある。それが、何者かに盗まれてしまったと」

「そなたも聞いていたか」

「ええ。京都ではずいぶん噂になりました。運慶の秘仏というのも世に知られてなかったので、なおさら取り沙汰されたようです」

「わしが聞いた話もそれだ」

と、根岸は言った。

「化けの百蔵は、その秘仏を江戸に持ち帰ったが、病に倒れた。亡くなる前、これをわしといっしょに早桶のなかに入れてくれと頼んだ。象牙の秘仏は、それと知らないものが見たら、ただの根付くらいに思っただろう。かくして、化けの百蔵は、運慶の仏といっしょにこのなかにいる」

根岸はそう言って、もう一度、「市蔵の墓」を見た。

提灯を持っていた源次としめが、その墓に提灯を向けた。

いつの間にか陽は沈み、墓場は闇に包まれている。

その闇のなかを、どこからともなく白い蝶々が飛んで来て、市蔵の墓にとまった。

八

蝶々はそう長いことはとまっていなかった。

ふたたび闇のなかに消えて行くと、

「これ以上の詳しい話は、樺島文十郎と秋津新兵衛に語ってもらうことになるのだろう。二人は京都でその盗みのことを知り、化けの百蔵の足取りを追って来たのかどうか。そして、この寺の墓に眠ったところまではわかった。それから、墓を特定し、だれにも疑われないまま掘り起こそうとしたのが、去年から起きていた題経寺の騒ぎの元だ。そしてようやく、墓を特定し、住職を取り換え、いつでも取り出せるところまでは来たというわけさ」

根岸の言葉に、樺島と良淳以外は、皆、いっせいにうなずいた。

「もう神妙にしたほうがよいな」

根岸が鋭く二人を見た。

源次としめが十手を構えた。凶四郎と椀田が、一歩前に踏み出した。

提灯がほかの墓石の隙間に差し込まれたり、また別にろうそくが点されたりして、あたりはうすぼんやりした火の明るさのなかにある。

「秋津、どうする？」

樺島文十郎は、良淳こと秋津を見た。

「樺島さま。ここでおとなしくしても、われらの処分がどうなるかは明らかでしょう。であれば、ここにいる者たちを全員、あの世に送ってから、われらは逃げるという道を選ぶべきなのでは？」

「そうだな」

と、樺島はうなずいた途端、サッと刀を抜き放った。

同時に良淳の拳が根岸に襲いかかった。

「危ない」

咄嗟に凶四郎が根岸に飛びつき、その拳を自らの腕で防いだ。しかし、体勢は崩れ、倒れそうになってよろめいたとき、良淳は手を伸ばして、凶四郎の剣を奪ってしまった。

「まずい」

樺島の前にいたのは源次だった。

臆せず十手を構え、立ち向かおうとしたが、樺島の打ち込みは鋭く、カキン。

と、火花が飛び散り、引いた切っ先で源次の二の腕はかすられ、その傷の痛みで思わず十手を取り落とした。

「お奉行、逃げて」

宮尾玄四郎と椀田豪蔵が根岸の前に出ようとするが、墓石が邪魔になり迂回しなければならない。

一瞬の遅れか、と思いきや、意外なものが根岸を助けた。

雨傘屋が手にしていた傘を目一杯開くと、樺島と根岸のあいだに放ったのである。あの渦巻やら妙な模様が書き込まれた雨傘である。

これが視界を妨げたおかげで、樺島の斬り込みが遅れた。

そのとき、手裏剣が飛んだ。

宮尾玄四郎が放ったものである。手裏剣の名手だけあって、樺島の腕に突き刺さった。

「ううっ」

樺島が一瞬たじろいだとき、凶四郎が、

「お奉行。お借りします」

と、根岸の太刀を取って、すばやく樺島に対峙した。

皆が一丸となって、根岸を守っている。墓場という動きにくい場所にあって、まるで稽古を重ねたような見事な連携だった。

「土久呂、斬るでない」

根岸が言った。確かめなければならないことは多い。

「では、腕の筋くらいに」

と、凶四郎は言った。

その隙に、宮尾玄四郎が根岸のわきに来て、もう一本の手裏剣を構えていた。

宮尾が気にしているのは、良淳の動きである。

高々と剣を振り上げ、じりじりとこっちに迫りつつある。あの高さから振り下ろされる剣は、おそらく相当な威力となるだろう。

「待て、良淳」

前に立ちはだかったのは、巨漢の椀田豪蔵だった。

椀田が剣を持てば、剣は小さく見える。しかし、それでもふつうより三寸(約九センチ)ほど長い豪剣なのだ。

「おりゃあ」

　良淳の剣が振り下ろされた。

　これを椀田の剣が受けた。

　キーン。

　という鋭い音がして、凄まじい火花が散り、二つの光が離れた。

　なんと、二人の刀がともに中ほどから折れていた。凄まじい力と力のぶつかり合いだったのだろう。

　しかし、良淳の動きは止まらない。折れた刀を投げ捨てると、

「きぇーっ」

　という雄叫びとともに足を振り上げ、つま先が椀田の顔面を襲った。

　蹴りを入れてきたのだ。

　この見たこともない技にも椀田は驚かない。

　やはり折れた刀を投げ捨てると、丸太のように太い左腕を下から跳ね上げ、この蹴りをかわすと、すぐに右の手刀で、良淳の腿の裏を打った。

「あっ」

　足をもどし、体勢を整えようとした良淳だが、痛みにふんばりが利かなくなったらしい。そこへ椀田が突進した。

右手で良淳の襟を、左手で袖を摑んだと思うまもなく、サッと腰を寄せ、身体を沈み込ませながら、右腕をぶん回すようにして、左手を手前に引いた。椀田は柔術の名人である。

良淳は一本釣りされたカツオかマグロのように高々と宙を舞うと、腰から地面に叩きつけられた。

「むふっ」

衝撃で呆然となったところに、椀田が良淳の着物の帯をほどいて、それで後ろ手に縛り上げた。

一方の樺島の戦いもつづいている。

凶四郎とのあいだの目まぐるしい攻防になっていた。最初は腕力にまさる樺島のほうが圧倒しているかに見えた。凶四郎は受けに回っていた。

だが、やがて若い凶四郎のほうが優位に立っていた。

ふと、凶四郎の剣が妙な動きを始めていた。

円を描いている。真円ではない。半円を描き、真っ直ぐに上がり、逆の半円。

まるで、月が上弦、下弦と変化するようだった。

「あれが三日月斬りか」

椀田がつぶやいた。

太刀筋が弧を描くという、驚くべき剣技の三日月斬りである。

「ほう」

これには宮尾も目を瞠った。常識では考えられない剣技だろう。噂には聞いていたが、目の当たりにするのは初めてだった。

「ううっ」

吸い寄せられるように樺島が打って出た。

だが、跳ね上がった凶四郎の剣が腕を斬り、後ろに下がろうとするところに、喉元へ切っ先を繰り出していた。


座り込んでいる樺島と良淳を見やってから、

「さて、わしの推測が本当かどうか、この墓を掘ってみようではないか」

と、根岸は言った。

急いで人手をかきあつめ、墓が掘り起こされた。

なかば朽ちた早桶のなかに白骨があり、そこから小さな象牙の仏が取り出された。

「ありました」

根岸がそれを手に取った。

根付よりは一回り大きいが、それでも手のひらに載るような阿弥陀仏である。

「わしにも見事な細工だとわかるくらいだ。これをひそかに知恩院にもどし、交渉すれば、いったいいかほどの値になることか」

根岸はそう言って、樺島と良淳を見やり、

「そなたには、江戸の人々に、新しい信仰の道を考えさせてくれるのではと期待したのだがな。結局は金か」

心底、落胆して言った。

「金ではない」

樺島が言った。

「なに」

「金のためにそれを奪おうとしたのではない」

良淳も言った。

「ほう」

根岸はその阿弥陀仏を二人のほうに向けるようにして、そばの墓石の上に置いてみた。

すると、後ろ手に縛られていた樺島と秋津は頭を垂れ、

「南無阿弥陀仏、南無阿弥陀仏」

と、念仏を唱え始めたではないか。

「なんと」

これには根岸ばかりか、一同が唖然とした。

「お奉行。あいつらは神仏を否定する者ではなかったのですか？」

凶四郎が小声で訊いた。

「うむ。そのようなことを激越な口調で語っていたが、あるいは……」

「あるいは？」

「腐敗に怒りつつ、じつは心の奥では、仏の存在を信じたくて仕方がなかったのかもしれぬな」

根岸はつぶやくように言った。

ときに人の心は、虫の擬態《ぎたい》のように違った姿を見せ、その裏の本当の姿はわからない。いま、ひれ伏している二人の姿は、まさしく深く仏に帰依《きえ》した者たちの姿だった……。

この小説は当文庫のための書き下ろしです。

編集協力・メディアプレス
DTP制作・メディアタブレット

文春文庫

耳袋《みみぶくろ》秘帖《ひちよう》　南町《みなみまち》奉行《ぶぎよう》と大凶寺《だいきようじ》

定価はカバーに
表示してあります

2021年8月10日　第1刷

著　者　風野真知雄《かぜのまちお》
発行者　花田朋子
発行所　株式会社　文藝春秋

東京都千代田区紀尾井町 3-23　〒102-8008
TEL　03・3265・1211㈹
文藝春秋ホームページ　http://www.bunshun.co.jp

落丁、乱丁本は、お手数ですが小社製作部宛お送り下さい。送料小社負担でお取替致します。

印刷製本・凸版印刷

Printed in Japan
ISBN978-4-16-791736-4